Wilhelm Kollmann

Nash's Unfortunate Traveller und Head's English Rogue

Die beiden Hauptvertreter des englischen Schelmenromans

Wilhelm Kollmann

Nash's Unfortunate Traveller und Head's English Rogue
Die beiden Hauptvertreter des englischen Schelmenromans

ISBN/EAN: 9783744612807

Hergestellt in Europa, USA, Kanada, Australien, Japan

Cover: Foto ©Andreas Hilbeck / pixelio.de

Weitere Bücher finden Sie auf **www.hansebooks.com**

NASH'S „UNFORTUNATE TRAVELLER"

UND

HEAD'S „ENGLISH ROGUE"

DIE BEIDEN HAUPTVERTRETER DES ENGLISCHEN
SCHELMENROMANS.

INAUGURAL-DISSERTATION

ZUR

ERLANGUNG DER DOCTORWÜRDE

EINGEREICHT BEI DER

HOHEN PHILOSOPHISCHEN FAKULTÄT DER UNIVERSITÄT
LEIPZIG

VON

WILHELM KOLLMANN
AUS KOBLENZ.

HALLE a. S.
DRUCK VON EHRHADRT KARRAS.
1899.

Meinem lieben Vater.

Die vorliegende arbeit hat es sich zur aufgabe gemacht, die anfänge des englischen realromans etwas näher zu beleuchten. Mit recht weisen J. J. Jusserand, Le Roman au Temps de Shakespeare (Paris 1887), besonders aber Percy, Engl. Literature in the 18th Century (London 1883) und Wülker in seiner engl. Litteraturgeschichte (Leipzig 1896) darauf hin, dass die spätere entwicklung des englischen romans seit Defoe auf die anregungen und einwirkungen der spanischen schelmenromane zurückreicht. Defoe und seine nachfolger stehen durchaus auf den schultern von Nash und Head. Nash's „Unfortunate Traveller" und Head's „English Rogue" sind selbständige nachahmungen der pikaresken litteratur der Spanier und bilden in der englischen litteratur die wichtigsten und eigenartigsten vertreter der neuen realistischen darstellungsweise, die durch den ausgeprägten sinn für naturgetreue wiedergabe der umgebenden wirklichkeit den modernen roman von der verschrobenen phantastik des idealistischen romans scheidet.

Zu diesem allgemeinen moment tritt verstärkend ein zweites. Im englischen abenteurerroman des 17. jahrhunderts sind alle abarten des modernen romans vom see- und reiseroman bis zum familienroman und historischen roman im keime bereits enthalten. Gerade die beiden werke, die zum gegenstand dieser abhandlung gemacht sind, zeigen deutlich, wie der gewöhnliche schelmenroman allmählich in andere gattungen des romans hinüber leitet.

1

„Meriton Latroon" und „Jack Wilton" beanspruchen aber im gleichen masse wie unser litteraturhistorisches interesse auch unser kulturhistorisches. Eben durch den realismus ihrer darstellung erwachsen sie dem heutigen leser zu kulturhistorischen dokumenten von nicht zu unterschätzender wichtigkeit. Treue abbilder der wirklichkeit, geben sie uns in viele verhältnisse des 17. jahrhunderts tiefe und interessante einblicke, und besonders der „Englische Schelm" bildet für die kenntnis des damaligen volkstreibens in den mittleren und niederen schichten eine unerschöpfliche fundgrube.

Unsere bisherigen ausführungen zeigen, wie eine eingehende betrachtung unserer beiden romane vorwiegend von zwei hauptgesichtspunkten auszugehen hat, dem litteraturhistorischen und dem kulturhistorischen. Beide momente überall streng voneinander zu trennen, war keineswegs angängig, da sie sich häufig aufs engste berühren und gegenseitig beeinflussen. Einerseits bestand die aufgabe der vorliegenden arbeit darin, nachzuweisen, wie die allgemeinen kulturverhältnisse auf die entstehung eines populären realromans hindrängten und einer solchen entwicklung besonders in England einen günstigen verlauf sichern mussten. Andrerseits galt es festzustellen, in welchem masse unsere beiden romane als spiegel der wirklichkeit gelten dürfen, und die mittel und tendenzen, mit denen man das leben seiner zeit wiedergab, eingehend zu berücksichtigen.

Ein längerer abschnitt ist in der einleitung dem spanischen schelmenroman gewidmet. Aus verschiedenen gründen glaubte ich dazu berechtigt zu sein. Zunächst hielt ich es für unumgänglich notwendig, hervorzuheben, wie die allgemeinen tendenzen, die der entwicklung eines realistischen romans zustrebten, in Spanien sich am ersten und entschiedensten in der entstehung einer pikaresken romanlitteratur wirksam erweisen mussten. Im anschluss daran sind die wichtigsten und beliebtesten spanischen abenteurerromane, die für die nachahmenden werke der übrigen nationen die vorbilder abgaben, behandelt. Wenn ich dabei etwas länger verweilte, geschah es aus zwei gründen.

Einesteils wollte ich auf die ableitenden richtungen des spanischen schelmenromans aufmerksam machen, umsomehr als sich diese entwicklung in England ziemlich unabhängig wieder-

holt und dadurch die entfaltung des modernen romans in seine
verschiedenen abarten angebahnt hat. Anderen teils war der
unterschied der allgemeinen kulturverhältnisse, auf denen sich
das milieu des spanischen und englischen schelmenromans auf-
baut, möglichst hervorzuheben. Eben darin liegt ja das grosse
verdienst der englischen verfasser, dass sie sich über das
niveau sklavischer nachahmer zu erheben wussten und, die
beliebte manier des „gusto picaresco" ihren eigenen zwecken
anpassend, in den lebensläufen ihrer abenteuernden helden die
allgemeinen sitten und zustände ihrer zeit und ihres volkes
naturgetreu zu schildern verstanden.

Ich habe diese einleitenden bemerkungen, die die resultate
meiner untersuchung zum teil vorwegnehmen, vorausgeschickt,
um die litteratur- und kulturgeschichtliche bedeutung der
beiden zu behandelnden romane von vorne herein festzulegen
und auf die allgemeinen gesichtspunkte, die mir bei der durch-
führung meiner arbeit massgebend waren, hinzuweisen. Ich
gehe jetzt zum gegenstand selbst über.

Die heimat des schelmenromans ist bekanntlich Spanien.
Gründe lokaler, geschichtlicher und litterarischer natur wirkten
vereint, um gerade von diesem lande um die mitte des 16.
jahrhunderts die anfänge jener geistigen bewegung ausgehen
zu lassen, die dann als realistischer roman in der litteratur
der meisten nationen eine so grosse, wenn nicht die haupt-
rolle spielt.

Noch heute sind die südlichen länder der klassische boden
der bettler und tagediebe; noch heute begünstigen der er-
schlaffende einfluss südlicher sonne und die natürliche frucht-
barkeit des landes jene indolenz und trägheit der bevölkerung,
die das entsetzen des arbeitgewohnten Nordländers bilden. Um
wie viel mehr mussten diese faktoren wirken in den zeiten
des ausgehenden mittelalters, wo das kirchliche und private
almosenwesen in hohem masse entwickelt war und allgemeine
industrieen, die die grosse masse des volkes zu lohnender be-
schäftigung hätten heranziehen können, in ihren dürftigsten
anfängen standen! In besonderem masse gilt das von Spanien,
wo eine kirchliche hierarchie allmächtig wie nirgends anderswo
schaltete und aus selbstsüchtigem herrschaftsinteresse die menge
in dumpfer lethargie und unwissenheit dahin leben liess. Ohne

kenntnisse und bedürfnisse, zum „dolce far niente" geboren
und angehalten, lebten die niederen klassen in den tag hinein.
Der ertrag der gewöhnlichsten dienstleistungen, freche bettelei
und im günstigen augenblick ein keck zugreifender gauner-
streich fristete ihr unthätiges leben. Aber nicht alle litt es
daheim. Verwegene abenteuerlust und die hoffnung, in der
fremde ihr glück zu machen, trieb gerade die verschmitzteren
und besser beanlagten ihres standes in die welt hinaus. Allen
unbilden des schicksals mit unverwüstlichem humor die stirne
bietend, aus jeder lage nutzen und vorteil ziehend, bettelnd
und stehlend in der not, protzend und verschwenderisch im
glück, zogen sie bald allein, bald in gleichgesinnter genossenschaft von ort zu ort, von landschaft zu landschaft.

Für diese vagabundierenden abenteurer gestaltete sich die
regierung Karls V. zu einer blütezeit wie nie zuvor. In den
reihen oder im gefolge der kaiserlichen heere kamen viele
von ihnen über die grenzen ihres heimatlandes hinaus, und
das rauhe kriegsleben machte ihre sitten ebensowenig besser,
wie es die freude am lustigen draufloseleben und kecken aben-
teuerstreichen dämpfte.

Dazu gesellte sich ein anderes moment, um die unter-
thanen des herrschers, in dessen reich die sonne nicht unter-
ging, in eine krankhafte, alles ansteckende erregung zu ver-
setzen. „Die leichtgewonnenen schätze", sagt Ticknor,[1] „die
anfangs nur in den händen abenteuernder kriegsleute oder
solcher gewesen waren, die in der neuen welt ämter oder
besitz erlangt hatten, wurden ebenso leicht verstreut als gewonnen. Bald lernten daher die verschlagensten und gewissen-
losesten aus den minder begünstigten ständen sich um jene
neuen reichen sammeln, wie sie mit ihren lockenden gaben
heimkehrten, und fanden mittel und wege aus dem goldregen
nutzen zu ziehen, der allenthalben reichlich herabfiel, sodass
der ganze verkehr des geselligen lebens in eine krankhafte
thätigkeit geriet. So niedrig stehende und unbrauchbare
männer konnten aber nur durch hinterlist und schmeichelei
etwas bedeutendes erlangen. Indiens reichtümer wurden ein
üppiger dünger des bodens, auf dem schmarotzer und spitzbuben sowie anderes schädliches unkraut aufschossen."

---

[1] Georg Ticknor, Gesch. der schönen Litt. in Spanien. Bd. II. s. 212.

Aber eben diese neu entdeckten länder waren es auch, die mit dem wust mittelalterlichen aberglaubens gründlich aufräumen halfen, dem forschungs- und unternehmungsgeiste unbekannte gebiete eröffneten und im verein mit den gleichzeitigen umgestaltenden erfindungen ein neues, den realen seiten des lebens und der wissenschaft zugewandtes zeitalter heraufführten. Diese entwicklung machte sich auch auf dem gebiete der litteratur geltend. Die alten ideale der lebensanschauung mussten dem modernen zeitgeiste weichen, und damit erblasste auch der schimmer, mit dem die dichtkunst sie so lange umkleidet hatte. In keinem anderen lande hatte die üppige phantastik der ritterpoesie so wunderbare blüten getrieben wie in Spanien. Das war begreiflich in einem lande, dessen ritterschaft mehr denn 700 jahre in ununterbrochenem kampfe mit den ungläubigen gelegen hatte. Aber inzwischen waren die Mauren nach langen, blutigen kriegen aus der halbinsel gedrängt, die grosse masse des adels war moralisch und materiell tief gesunken, und die nachkommen jener hochgemuten freiheitskämpfer stolzierten geckenhaft ausstaffiert mit affektierter grandezza als hungerleidende hidalgos durch die strassen Madrids.

Unter diesen umständen wurde der kontrast der wirklichkeit zu der phantastischen idealwelt der ritterromane immer grösser und empfindlicher, ihre fabelhaften abenteuer und übernatürlichen wunder erschienen im aufklärenden lichte der modernen weltanschauung doch allzu absurd, und so setzte in dem lande, wo die wiege des idealistischen romans gestanden hatte, naturgemäss zuerst und am entschiedensten auch die reaktion ein. Noch ehe Cervantes in seiner unsterblichen satyre der ritterdichtung den todesstoss versetzte, hatte man ihre ausgetretenen geleise bereits verlassen und war zur darstellung des umgebenden greifbaren lebens übergegangen. An die stelle der verschrobenen phantastik des idealistischen romans tritt damit die nackte prosa des lebens. Die abenteuernden helden der ritterdichtung werden abgelöst durch die fahrenden ritter der landstrasse. Die einen bilden das gegenbild der andern. „Diese gehen tugendgewappnet, hohe zwecke verfolgend, allen gefahren entgegen; durch kühnheit, kraft und treue besiegen sie auch die grössten widerwärtigkeiten; jene stürzen sich voll leichtsinns und übermütiger

tollheit in kampf und not; schlauheit und frechheit nebst
einem fatalistischen stoizismus sind ihre hauptwaffen, und
wo diese nicht nützen, muss die völlige gedankenlosigkeit und
eine höchst vergnügliche passivität das schlimme unfühlbar
machen; sie vertrauen dem blinden glück und wirklich pflegt
sie dies als seine wahren lieblinge immer sehr bald zu erretten,
um schon im nächsten augenblick sie wieder in um so grössere
verlegenheit zurückfallen zu lassen. Um es kurz zu sagen,
die einen sind abenteurer im grossen stil, die anderen alltäg-
liche wagehälse. Natürlich sind auch die erlebnisse beider
grundverschieden: der alte abenteuerroman gab idealisierte,
grossartige, von der phantasie oft ins ungeheuerlichste ver-
zerrte gefahren — ein schwert soll hundertfachen widerstand
leisten, riesen überwunden, scheussliche ungeheuer vernichtet,
unheimliche zauber aufgehoben, sogar die wut der elemente
und der neid der götter gebändigt werden —; der schlimmste
feind des realen abenteurers ist der hunger, der frost, dann
der häscher und der seine zeche heischende wirt." [1])
    Aber mochten mit dem veränderten standpunkt der dich-
terischen betrachtung auch die welt, in der der held lebt, die
motive, aus denen er handelt, sich ändern, die technik, die
kunstmittel der darstellung blieben wesentlich die alten. Mit
vollem recht nennt daher Körting [2]) die schwächen des modernen realromans „gleichsam eine wiederstrahlung der ästhetischen fehler des idealromans". Er rechnet dahin: „eine
allzu verwickelte handlung, eine mit schwankenden gestalten
überfüllte und unbestimmte szene, die einführung der un-
dichterischen personnages déguisés, trockene gespräche und
lange moralische digressionen, vor allem die einschaltung und
zwar sehr mechanische einschaltung von nebenerzählungen
fremdartigen charakters; die häufung von retardierenden
momenten in form von unglücksfällen — schiffbrüchen, be-
raubungen, entführungen." Mehr oder weniger hat auch der
abenteuerroman alle diese ästhetischen fehler des idealromans
übernommen. Das entscheidende charakteristikum des ersteren
bildet jedenfalls in erster linie der mangel an konzentration,
an einer die einzelnen situationen fest zusammenknüpfenden

---

[1]) Körting, Gesch. des franz. Romans im 17. Jahrh. I, s. 51.
[2]) ib. II, s. 5.

handlung, und die konnten die anfänge des realistischen romans,
die schelmenromane, auch ihrer ganzen natur nach nicht
bringen.

Aber welche mittel der spannung, überraschung im einzelnen, welch reiche gelegenheit, das unterhaltungsbedürfnis
sensationslüsterner leser durch häufung aufregender abenteuer
und komischer begebenheiten zu befriedigen, boten einem ge-
schickten erzähler diese lebensgeschichten umherirrender abenteurer, die bald in elend und gemeinheit zu versinken drohen,
bald wieder, von Fortunas wechselnder laune begünstigt, oben
schwimmen, die, bald treibend, bald getrieben, immer neuen
verhältnissen entgegensteuern und fortwährend aufenthalt und
stellung wechseln! Dabei treten sie in mehr oder weniger
intime beziehungen zu ihrer gesamten, stetig wechselnden
umgebung; mit personen und verhältnissen der verschiedensten
art macht sie ihr bewegtes abenteurerleben bekannt. Um und
neben den helden gruppiert sich in breitem rahmen und bunter
zusammensetzung das milieu des sozialen lebens.[1]) Welch
reiches feld für die satyre! Konnte man besser gegen soziale
missstände zu felde ziehen, als indem man zum mittelpunkte
der erzählung einen allerweltsschelmen und hallunken machte,
der überall eingang findet, dabei einblicke in die schwächen
und laster aller stände, berufe und geschlechter thut und bei
der teilnahme an ihrem unmoralischen treiben alle übertrifft?
Dabei mag in karrikierender absicht manches übertrieben,
manches im allzueifrigen streben nach naturwahrheit zu
schwarz gefärbt sein; im allgemeinen geben uns jedenfalls die
schelmenromane frische, naturgetreue bilder zeitgenössischen
lebens. Mag man heute über ihren ästhetischen und mora-

---

[1]) Auch Jusserand kommt auf diesen vorzug des abenteurerromans
zu sprechen und betont dabei sehr richtig auch die kehrseite. Er sagt l. c.
s. 117 „Sans foi ni pudeur, sinon sans gaieté, jouet de la fortune, tour à
tour valet, seigneur, mendiant, courtisan, voleur, il nous conduit à sa suite
dans tous les milieux, et, du bouge au palais, passant devant, ouvre les
portes et présente les personnages. Aucune donnée plus souple ni plus
simple, aucune qui se prête mieux à l'étude des moeurs, des abus et des
travers sociaux. Le seul défaut est que, pour s'abandonner avec le bon
vouloir nécessaire aux caprices du sort et pouvoir pénétrer partout, le héros
a forcément peu de conscience et encore moins de coeur: d'où la sécheresse
de la plupart des romans picaresques et le faible rôle, tout épisodique,
réservé dans ces oeuvres au sentiment."

lischen wert denken, wie man will, dem kulturhistoriker
werden sie jeder zeit ein reiches und interessantes material
liefern.

Den reigen der spanischen schelmenromane eröffnet „Lazarillo de Tormes". Sein verfasser, der als dichter und staats-
mann unter Karl V. gleich berühmte, altadeligem geschlechte
entstammende Don Diego Hurtado de Mendoza, schrieb das
werk wahrscheinlich während seiner studienzeit in Salamanca.
Wie in allen romanen dieser gattung erzählt der held selbst
und beginnt mit der geschichte seiner kindheit. Als sohn eines
müllers wird er in einer mühle am Tormes geboren. Nach
dem tode des vaters, der wegen betrügerischer streiche seine
familie verlassen muss und auf einer expedition gegen die
Mauren umkommt, zieht die mutter nach Salamanca und schlägt
sich hier als geliebte eines schwarzen stallburschen notdürftig
mit den ihrigen durch. Vererbte anlagen und eine mangelhafte erziehung legen beim helden wie bei den späteren
schelmen die grundlage zu einem leichtsinnigen, nichtsnutzigen
charakter. Im zarten alter von acht jahren wird der kleine
Lazaro an einen blinden verkauft, als dessen führer lernt er
die fremde und damit hunger und elend kennen. Während
sein herr, ein geizhals schlimmster sorte, selbst in hülle und
fülle von den gaben lebt, um die er das dumme volk in frecher,
gaunerhafter bettelei geprellt, muss sein junger führer die
peinlichsten hungerqualen und misshandlungen erdulden. Aber
die not macht erfinderisch, und der pfiffige schelm findet mittel
und wege, sich heimlich an den vorräten seines herrn schadlos
zu halten. Nachdem er sich böse gerächt hat, entläuft er
schliesslich und nimmt dienste bei einem priester. Aber vom
regen gerät er in die traufe. Der schmutzige geiz seines
neuen gebieters grenzt ans unglaubliche, und mit einem
raffinement, das nur der wütendste hunger eingeben kann,
weiss er aus dem festverschlossenen brotkasten des priesters
die notdürftigsten brocken zu entwenden. Sein dritter herr,
ein altkastilischer hidalgo, hat selbst nichts zu beissen. Während sein gnädiger gebieter mit der würde eines granden
durch die strassen stolziert und vor der welt ohne einen
heller in der tasche den vornehmen mann spielt, bettelt sein
diener in klöstern und an den thüren der kirchen den gemeinsamen unterhalt zusammen. Von seinem herrn verlassen, tritt

Lazarillo in die dienste eines äusserst weltlich gesinnten mönches und eines ablasskrämers, der das leichtgläubige volk auf die gewissenloseste weise für seine ware ködert und den gewinn gerne mit dem hilfsbereiten polizeidiener teilt. Bei beiden ist seines bleibens nicht lange. Auch einem tambourin-maler, dessen dienst ihm mehr schläge als essen einbringt, läuft er bald davon und wird wasserverkäufer für einen kaplan. In dieser stellung verdient er sich bald ein hübsches sümmchen; noch günstiger gestaltet sich seine lage, als er nach vorübergehender stellung im polizeidienst öffentlicher auktionator und ausrufer wird, zumal er die besondere gunst des erzbischofs von Toledo durch die verheiratung mit einer von dessen mägden erwirbt. Die früheren intimen beziehungen derselben zum kirchenfürsten sind seiner gewissenlosen denk-weise kein ehehindernis. Mit dieser günstigen gestaltung seiner materiellen verhältnisse schliesst der roman.

Der „Lazarillo" erschien 1553. Eine flut von neudrucken, nachahmungen und übersetzungen in den nächsten jahrzehnten zeugt von dem beifall, den die neue litterarische gattung in Spanien und im ausland fand. Bereits 1554 erschien ein zweiter teil, der in abgeschmackter weise die abenteuer La-zarillos als thunfisch auf dem meeresgrunde erzählt. Mehr die von Mendoza eingeschlagenen pfade wandelt die 1620 er-schienene fortsetzung des Juan de Luna. Hier tritt der held gleichfalls als diener verschiedener herren auf. Zum schluss wird er einsiedler und erzählt als solcher seine abenteuer — ein motiv, das in pikaresken romanen noch häufig wiederkehrt.

Noch in weit höherem masse als der „Lazarillo" wurde ein anderer spanischer roman vorbildlich für den „gusto picaresco". Gemeint ist Mateo Alemans „Guzman de Alfa-rache", dessen erster teil 1599 in Madrid erschien. Wie La-zarillo ist Guzman das kind wenig ehrenwerter eltern. Nach dem frühen tode seines vaters, eines bankerotten genuesischen kaufmanns, entläuft er seiner mutter und stürzt sich aben-teuersuchend in die welt. In der gesellschaft eines maultier-treibers macht er in verschiedenen gasthäusern die ersten traurigen erfahrungen. Mühsam schlägt er sich nach Madrid durch und wird hier laufbursche. In dieser stellung macht er die bekanntschaft zweifelhafter genossen, und bald ergreift er ebenfalls mit freuden und angeborenem geschick das ge-

werbe eines „picaro". Ein grösserer, wohlgelungener diebstahl setzt ihn in den stand, in Toledo für einige zeit den
vornehmen herrn zu spielen, aber die gesellschaft verschmitzter
gauner und anspruchsvoller halbweltdamen räumt bald mit
seinem gelde auf. Abermals greift er zum wanderstab und
durchzieht als abenteuernder landstreicher ganz Spanien, lässt
sich gelegentlich als soldat anwerben und gelangt schliesslich
über Barcelona nach Genua, wo ihm von seiten seiner verwandten eine wenig freundliche aufnahme zu teil wird. Auf
seiner weiteren irrfahrt durch Italien schliesst er sich einer
bettlergesellschaft an, macht sich mit ihren einrichtungen und
kniffen vertraut und bringt es in diesem gewerbe selbst bald
ziemlich weit. Durch ein künstlich nachgeahmtes geschwür
erregt er in Rom das mitleid eines kardinals und erhält eine
anstellung in dessen haushalt. Aber schon nach kurzer zeit
macht ihn sein angeborener hang zu diebstahl und betrug hier
unmöglich. Mit schimpf und schande aus dem hause des Kardinals gejagt, tritt er in dienst beim französischen gesandten.
Damit bricht der erste teil des romans ab.

Ein zweiter teil erschien 1605. Auch im hause des französischen gesandten ist infolge der ungeschickten rolle, die
Guzmann als unterhändler seines herrn in dessen liebesver-
hältnis mit einer vornehmen dame spielt, seines bleibens nicht
lange. Er verlässt Rom und nimmt sein unstätes vagabundenleben wieder auf. In Siena gesellt sich ein gauner ähnlichen
schlages zu ihm, unter dessen überlegener geriebenheit
selbst er anfangs zu leiden hat. Raubend und stehlend durch-
ziehen sie Oberitalien. Nach Spanien zurückgekehrt, verheiratet sich der held in Madrid und eröffnet ein geschäft.
Indes schlagen die hoffnungen, die er auf die reiche mitgift
seines weibes gesetzt, fehl, und so macht er nach kurzer zeit
betrügerischen bankerott. Nach dem tode seiner frau wird
er in Alcala student der theologie, heiratet aber noch vor
beendigung seiner studien zum zweiten male, und zwar eine
person zweifelhaften rufes. Die schönheit und entgegen-
kommende liebenswürdigkeit seiner frau sichern beiden in
Madrid eine sorgenfreie existenz, der aber streitigkeiten mit
einem einflussreichen verehrer seines weibes ein jähes ende
bereiten. Aus der stadt verwiesen, gehen sie nach Sevilla,
und hier geht ihm seine frau mit dem kapitän eines

neapolitanischen schiffes auf und davon. Er selbst gerät in
die tiefste not, aus der ihn eine anstellung als haushofmeister
einer vornehmen dame noch einmal rettet. Aber auch dieses
glück ist nur vorübergehend. Der alte sünder wird bei einem
diebstahl ertappt und auf die galeeren geschickt. Zufällig
trifft es sich, dass er hier von einer verschwörung der sträf-
linge kenntnis erhält. Er erstattet rechtzeitig anzeige und
erwirkt dadurch vollständige strafbefreiung.

Damit schliesst der zweite teil des romans. Ein dritter
wird zwar in aussicht gestellt, ist aber nie erschienen. Es
fehlt also dem ganzen an einem festen abschluss. Während
der leser Lazarillo in wenigstens äusserlich gesicherter lage
verlässt, verbürgt uns im „Guzman" nichts, dass der held
nicht wieder sein abenteuerndes wanderleben aufnimmt, um
schliesslich müde und abgehetzt sein verfehltes dasein zu beschliessen. Aber gerade darin, dass die handlung von situation
zu situation, von abenteuer zu abenteuer forthastet und bald
aufsteigend, bald absteigend nie zur ruhe und zu einem befriedigenden abschluss gelangt, liegt ein äusserst charakte-
ristisches merkmal der gewöhnlichen gaunerromane, das wir
auch im „Englischen Schelm" in verstärktem masse wieder-
finden werden.

In engem zusammenhang damit steht ein weiteres, bereits
angedeutetes (vgl. s. 87, anm. 1) moment. Das ewige auf und
nieder in den lebensverhältnissen des helden war doch nur
möglich bei einem mangel an jedem moralischen halt. Noch
Lazarillo war eigentlich nur der kleine, in die welt hinaus-
gestossene schelm, pfiffig und nicht wählerisch hinsichtlich
seiner mittel, aber zu unehrenhaften streichen doch schliesslich
nur gedrängt durch die bittere not des lebens. Anders Guzman.
Aus reiner abenteuerlust entläuft er seiner mutter und wird
ohne jeden äusseren zwang in Madrid „picaro", da dieser
beruf einzig und allein seinen neigungen und fähigkeiten
zusagt. Ein ungebundenes vagabundenleben zieht er allen
anderen aussichten vor. Wie oft ist ihm gelegenheit gegeben
in ehren und wohlstand eine sichere stellung zu behaupten!
Aber immer wieder reisst ihn sein unseliger hang zu diebstahl und betrug ins verderben. Er repräsentiert den gewöhnlichen gauner und abenteurer, wie er überall wiederkehrt.
Darum hat auch „Guzman" in ganz anderem masse seinen

litterarischen nachkommen modell gestanden als „Lazarillo“.
Es ist kein gewöhnlicher zufall, wenn uns zahlreiche personen
und motive des „Guzman“, wenn auch mannigfach variiert,
im englischen schelmenroman wiederbegegnen.

Wenn ich mich bei den beiden bisher besprochenen romanen länger aufgehalten habe, geschah es, weil sie als die
bedeutendsten ihrer gattung gelten und daheim wie im ausland
vor allen anderen anklang und nachahmung fanden. Ich kann
daher über die folgenden spanischen schelmenromane um so
schneller hinweggehen, als die bekannteren derselben wie Quevedo's „Historia y Vida del Gran Tacaño“ und des Yañez y
Rivera „Alonso, moço de muchos amos“ ganz in der manier
des „Guzman“ gehalten sind.

Eine originelle, wenn auch nahe liegende wendung verlieh
dem pikaresken roman der dominikaner Francisco Lopez de
Ubeda, indem er in seinem 1605 erschienenen werke „La
Picara Justina“ eine frau zum mittelpunkt eines reich be-
wegten abenteuerlebens machte. Justina wurde das litterarische
vorbild für eine lange reihe ausschweifender abenteuerinnen,
die sich im englischen roman bis auf Defoe's „Moll Flanders“
und „Roxana“ herab, ja noch weiter verfolgen lassen.

Hinsichtlich künstlerischer vollendung steht von allen
nachahmungen des „Guzman“ am höchsten der „Marcos de
Obregon“ des Vincente Espinel. Der verfasser hatte einen
grossen teil Europas bereist, in den Niederlanden kriegsdienste
gethan und legte viele seiner erlebnisse in dieser autobio-
graphie nieder. Als blutjunger mann verlässt Marcos sein
hochgelegenes heimatstädtchen Ronda, um in Salamanca zu
studieren. Unterwegs spielen ihm ein aufdringlicher schmarotzer und ein verschlagener maultiertreiber übel mit. Auf
der universität teilt er, mittellos wie er ist, das elend der
armen studenten in damaliger zeit. Nach vierjährigem studium
verlässt er Salamanca und schlägt sich abenteuernd durch
ganz Spanien. Seinen lebensunterhalt verdiente er als Escudero[1]) und spielt als solcher auch eine rolle in der später von
Lesage ausgebeuteten liebesgeschichte von der heissblütigen
frau des dr. Sagredo und dem winzigen, musikalischen barbier-
lehrling. Nach längerer wanderfahrt schifft er sich in Valencia

---

[1]) Der Escudero ist speziell den damen zur dienstleistung beigegeben.

als diener des herzogs Medina Sidonia nach Italien ein. Aber unterwegs gerät die mannschaft in die hände von korsaren und wird nach Algier auf den sklavenmarkt geschleppt. Sein eigenes los gestaltet sich noch ziemlich günstig. Er kommt in das haus eines spanischen renegaten und wird zum erzieher von dessen kindern, einem knaben und einem mädchen, bestellt. Beide hängen mit schwärmerischer verehrung an ihrem lehrer und werden für das christentum gewonnen. Einige hervorragende dienstleistungen verschaffen ihm nach kurzer gefangenschaft die freiheit. Auf einem spanischen schiffe nach Genua verschlagen, nimmt er in Oberitalien sein wanderleben wieder auf. Später kehrt er nach Spanien zurück und trifft hier seine ehemaligen zöglinge, die unter merkwürdigen abenteuern nach Spanien entkommen waren, als zierden der christlichen gemeinde von Valencia wieder. Vorübergehend fällt Marcos noch einmal in die hände islamitischer seeräuber. In der gefangenschaft andalusischer räuber trifft er durch eigentümlichen zufall als schicksalsgenossen den dr. Sagredo und dessen frau wieder. Mit ihrer gemeinsamen befreiung schliesst die erzählung.

Im „Marcos de Obregon" sind zum ersten male die auseinander laufenden fäden der handlung fester verknüpft: personen, die sich lange zeit nicht gesehen haben, begegnen einander wieder. Ueberdies ist ein viel festerer abschluss als sonst irgendwo erreicht, denn der held, gewitzigt und geläutert durch die erfahrungen und prüfungen einer dornenvollen lebensbahn, kommt wenigstens innerlich zu einer gewissen stätigkeit und reife. Ueberhaupt ist die ganze darstellung und der charakter der hauptperson auf eine viel höhere stufe gehoben. Wohl steht auch Marcos nicht einwandfrei da, menschliche schwächen und thorheiten sind ihm nicht fremd geblieben, aber von der skrupellosen gaunerfrechheit eines Guzman hat er auch nicht die spur. Das streben nach krasser naturwahrheit tritt entschieden zurück; fast möchte man von einem romantischen schimmer reden, der die irrfahrten dieses abenteurers verklärt. Abgesehen von den eingeschalteten, in keiner beziehung zur haupthandlung stehenden novellen alten stiles tragen manche episoden im leben des helden selbst wie sein aufenthalt in Algier einen ganz novellenartigen charakter. Diese tendenz tritt in noch viel höherem grade in Solorzano's

„La Garduña de Sevilla" hervor; in diesem romane stehen neben streng realistischen schilderungen romantische novellen, romanzen und selbst possenspiele.

Aber noch in anderer beziehung weicht Vincente Espinel im „Marcos de Obregon" vom strengen charakter des pikaresken romans ab, indem er wiederholt seinen helden zu wirklich historischen leuten in beziehungen treten und dieselben fördernd oder hemmend in das schicksal des helden eingreifen lässt. Diese manier wurde mit entschiedenem geschick nachgeahmt in „Vida y Hechos de Estevanillo Gonzalez". In diesem romane erzählt der held von den abenteuern, die er auf seinen reisen durch ganz Europa im dienste verschiedener hoher herren, darunter auch als angestellter Octavo Piccolomini's, während des dreissigjährigen krieges erlebte. Wir sehen so, wie sich der schelmenroman der Spanier langsam mit anderen dichterischen bestandteilen vermischte und dadurch eine entwicklung nahm, die, in ihren anfängen sicher unabhängig, sich in ganz ähnlicher weise auch in England vollzog.

Aber während die ausläufer des spanischen schelmenromans bereits in die bahnen anderer romangattungen einzulenken begannen, hatte der „Picaro" längst seinen einzug in die litteratur der übrigen europäischen länder gehalten. In fast alle abendländischen sprachen wurden die werke der Spanier übertragen, erweitert, fortgesetzt und vielfach nachgeahmt. Der fahrende abenteurer mit seinem unverwüstlichen humor und kecken wagemut wurde der liebling des grossen unterhaltung suchenden publikums, während das gelehrte interesse der gebildeten durch die satyrische sittenschilderung und das hereinziehen fremder länder und verhältnisse befriedigt wurde. Aegidius Albertinus übertrug 1616 den „Guzman" in bereicherter und umgestalteter form ins Deutsche. Freier und selbständiger lehnten sich Moscherosch und Grimmelshausen an die Spanier an. Jenem dienten die satyrischen schilderungen des Quevedo als muster, dieser zeichnete auf dem düsteren hintergrunde des dreissigjährigen krieges den abenteuerlichen lebenslauf seines „Simplicissimus" und schuf damit ein werk, das an frische der darstellung, schärfe der charakteristik und sittlicher vertiefung seine spanischen vorbilder

entschieden hinter sich lässt. In Frankreich, wo die satyrischen romane Rabelais' bereits vorgearbeitet hatten, wan-
delten Sorel, Furétière, Scarron und andere in den bahnen
der Spanier und bauten schon mit glücklichem geschick das
feld des bürgerlichen romans an. Lesage's „Gil Blas" darf
wohl als der höhepunkt der pikaresken litteratur in künstlerischer hinsicht gelten.

Aber in Deutschland wie in Frankreich gingen die anregungen der Spanier bald verloren. Trotz der vielverspre-
chenden anfänge brachte es der realistische roman hier zu
keiner tradition und stetigen entwicklung. Dort, wo man am
ersten empfänglichen sinn für die darstellung des umgebenden,
sinnenfälligen lebens hätte erwarten sollen, im bürgertum,
hatten die wirren und kriegsstürme des 17. jahrhunderts allzu
hemmend und störend gewirkt und einzelne vielversprechende
anfänge wie der „Simplicissimus" blieben ohne nachfolge. In
den oberen schichten der gesellschaft aber wirkten die idealistischen tendenzen der dichtung ungeschwächt weiter; ma-
nierierte schäfergeschichten und heroische liebesromane bildeten
nach wie vor die beliebteste unterhaltungslektüre der hof-
und adelskreise.

Anders lagen die verhältnisse in England. Hier waren
alle bedingungen für die entwicklung einer reichen realistischen
romanlitteratur gegeben. Was Hettner[1]) für die zeit Richardson's und Fielding's ausführt, gilt im allgemeinen bereits für
das 17. jahrhundert: „Besonders lebhaft aber musste der
widerspruch zwischen leben und dichtung in England em-
pfunden werden; in England, wo das freie bürgertum und der
sinn für festes und trauliches familienleben mehr als irgendwo
anders erstarkt war. In despotischen ländern hat die natur
an sich keinen anspruch studiert und geschildert zu werden;
die niederen volksschichten, die „Canaille", sind mehr ein
gegenstand der verachtung und wissbegierde, und einen mittel-
stand giebt es nicht. In England aber war um diese zeit
unabhängigkeit und freimut heimisch geworden; jedermann
hatte die macht, seine persönlichkeit und sein schicksal ganz
nach eigenem belieben zu entfalten und umzugestalten. Das
wohlsein der einzelnen, das volk und der häusliche herd wurden

---

[1]) Hettner, Geschichte der englischen Litteratur s. 462.

die angelpunkte des öffentlichen lebens. Konnte und durfte
unter diesen umständen die dichtung noch länger hof- und
gelehrtendichtung verbleiben? Sie wurde volks- und (im
18. jahrhundert) familiendichtung."

Am ersten und erfolgreichsten vollzog sich dieser übergang zu einer realistischen darstellungsweise, die situationen
und charaktere dem frisch pulsierenden leben der gegenwart
entnahm, auf dem gebiete des dramas. Das „Merry Old England" um die wende des 17. jahrhunderts ergötzte sich an den
komödien Ben Jonson's und seiner kollegen, die naturgetreue
bilder zeitgenössischen lebens mit derbem humor und beissender
satyre auf die bühne brachten. Langsam folgte der roman
nach. Die vorteile einer selbständigen nationalen entwicklung
und einer hochentwickelten überlieferten technik kamen dieser
kunstgattung nicht zu gute wie der bürgerlichen komödie,
wenn gleich auch die satyre des 16. jahrhunderts, die seit
Skeltons schonungslos dreinfahrenden pamphleten im kampf
gegen persönliche widersacher und öffentliche missstände zur
beliebten litterarischen waffe geworden war, entschieden vorgearbeitet hatte. Fremde vorbilder mussten herübergenommen
werden, um dann nach und nach selbständiger nachgeahmt
zu werden. Wie in anderen ländern ging die bewegung von
Spanien aus. Im laufe des 16. und 17. jahrhunders fanden die
meisten spanischen schelmenromane auf dem wege der übersetzung eingang in die englische litteratur.

Die erste übertragung des „Lazarillo" erschien 1576[1])
und erlebte in den nächsten jahrzehnten über zwanzig auf-
lagen. Ihr verfasser ist David Rowland (1539—1586), ein
Londoner magister, der als hofmeister und reisebegleiter des
sohnes des Earl of Lennox Frankreich und Spanien kennen
lernte. Die übersetzung von „Lazarillo's" unechtem zweiten
teil, der die abenteuer des helden als thunfisch erzählt, fügte

---

[1]) Von dieser ersten ausgabe, die bei Henry Byneman gedruckt wurde
und eine widmung an Sir Thomas Gresham trägt, existiert kein exemplar
mehr, cf. Chambers' Dictionary of National Biography bd. XXXXVIIII s. 349.
Die erste bekannte ausgabe stammt aus dem jahre 1586. Ihr vollständiger
titel lautet: The Pleasaunt Historie of Lazarillo de Tormes, a Spaniarde,
wherein is conteined his marveilous deedes and life .... Drawen out of
Spanish by Dav. Rouland. B. J. A. Jeffes, London 1586. 8vo. Brit. Mus.
no. 1074. d. 2 (1.).

J. Blakeston hinzu.[1]) Auch die fortsetzung des Juan de Luna fand den weg in die englische litteratur.[2]) Mit dem hauptwerke der spanischen schelmenlitteratur machte James Mable (1572—1642?) das englische publikum bekannt. Als sekretär des englischen gesandten Sir John Digby machte er sich mit der spanischen litteratur in den jahren 1611—1613 vertraut und übertrug mehrere erzeugnisse derselben, darunter auch die bekannte komödie von Calisto und Meliböa, ins Englische. Seine übersetzung des „Guzman" erschien 1623 und wurde wiederholt neu aufgelegt.[3]) Eine spätere übertragung des 18. jahrhunderts stammt von mehreren verfassern und ist nach französischer vorlage hergestellt.[4]) Auch weniger bedeutende abenteuererromane wie Solorzano's „La Garduña de Sevilla"[5]) uud Quevedo's „Gran Tacaño"[6]) fanden im laufe

---

[1]) Der titel lautet: Lazarillo, or the excellent history of Lazarillo de Tormes, translated by J. Blakeston. Both parts. London 1677 (cf. Retrosp. Rev. Tom. II p. 133.) Nach Grässe, Lehrb. der allg. Litt.-Gesch. bd. III, 1 s. 452 erschien bereits 1670 eine auflage.

Eine andere übersetzung dieses zweiten teils führt Lowndes, The Bibliographers Manuel of Engl. Literature s. 1326 an: The most pleasant and delectable Historie of Lazarillo de Tormes. The second part translated out of Spanish by W. P. London by Th(omas) C(reed) for John Oxenbridge. 1596.

[2]) Pursuit of the History of Lazarillo de Tormes. By Jean de Luna. London. 1622. 8vo. — London. R. Hodgkinson, 1655, with the second part, 12mo s. Lowndes a. a. o. s. 1326.

[3]) Lowndes a. a. o. s. 27 kennt Folios aus den jahren 1623, 1630, 1634, 1656. cf. Retr. Rev. V 189. — Der titel der ersten auflage lautet: The rogue, or the Life of Guzman de Alfarache in english by Don Diego Puede-Ser (i. e. James May-be). 2 pts. For E. Blount. London, 1623. fol. Brit. Mus. no. 12404. c. Weitere Ausg. ersch. 1630 zu Oxford, gedr. von W. Turner for R. Allot (Brit. Mus. no. 12403 b.) und London 1634. fol. (Brit. Mus. no. 635. 1. 12).

Ausserdem führt Grässe a. a. o. s. 452 eine folioausgabe mit folgendem titel an: The rogue; or the excellencie of history displayed in the notorious life of that incomparable thief Guzman de Alfarache epitomized from the Spanish, by A. S. London 1655.

[4]) The Life of Guzman de Alfarache; or the Spanish Rogue: to which is added the celebrated Tragi-Comedy Celestina. Done into English from the new French Version, and compar'd with the original (Spanish). By several Hands. London. 1708. 8vo. 2 vols.

[5]) Der verfasser der übersetzung, der längere reisen in Frankreich machte und eine ganze reihe französischer und spanischer werke ins Englische übertrug, ist John Davies (1627?—1693?). Der vollständige titel der

des 17. jahrhunderts ihre englischen übersetzer, wogegen eine englische übertragung des „Marcos de Obregon"[1]) viel jüngeren datums ist.

Aber nicht nur die pikaresken werke der Spanier, auch die komischen erzeugnisse anderer nationen von ähnlichem schlage wurden in England beifällig aufgenommen, und dem „Spanischen Schelmen" reihten sich ein „Französischer", „Holländischer", „Deutscher Schelm" als würdige genossen zur seite.[2])

Legt diese umfangreiche übersetzungsthätigkeit auf der einen seite beredtes zeugnis ab für die ungemeine beliebtheit, mit der das englische lesepublikum die abenteurer- und schelmenlitteratur bei sich aufnahm, so zeigt sie auf der anderen seite, wie sehr der englische realroman in seinen anfängen von fremden mustern abhängig war. Mehr oder minder mochten ja die ausländischen produkte bei der übertragung verändert, verlängert, verkürzt und durch neue motive be-

---

übersetzung lautet: La picara or the thriumphs of female subtility; rend. into Englisch by J. Davies. London. 1663 (nach Chamber's Dict. of Nat. Biogr. XIV s. 145 erst 1664).

[6]) Buscon, the witty Spaniard, with the provident Knight, in English, by J. D. London. 1670. 8vo.

[1]) The history of the Life of the Squire Marcos de Obregon, translated into English from the Madrid Edition of 1618, by Major Algernoon Langton. 1816. 2 vols. 8vo.

[2]) Nach Lowndes, s. 2119 seien an hierher gehörigen werken angeführt:
The Dutch Rogue: or Guzman of Amsterdam traced from the Craddle to the Gallows: being the Life, Rise and Fall of D. de Lebacha, a decayed merchant. Out of Nether-dutch. London 1683.

The French Rogue, being a pleasant history of his Life and Fortune, with Epigrams suitable to each Stratagem. London. 1672, 12mo.

The French Rogue, or the Life of M. Ragone de Versailles. 1716, 8vo.

Charles Sorel's bekannter roman „Francion" wurde übersetzt unter dem titel: „Comical History of Francion. Written by Monsieur de Mouline, Sr. de Parc". 1655, fol. 1703, 8vo und 1727, 12mo.

Bezeichnend für den unterschiedslosen beifall, den das komische Genre, in welcher verkleidung es auch kommen mochte, in England fand, ist die thatsache, dass sogar „Till Eulenspiegel" als „Deutscher Schelm" eingeführt wurde: „The German Rogue, or the Life of Taiel Ulespiegle. Auch Friedr. Dedekinds „Grobianus" wurde unter folgendem titel ins Englische übersetzt: The Schorle of Sloveniie: or, Cato turned wrong side outward. Translated out of Latine into English Verse ... By R. J. Sent. London Valentine Simmes. 1605. 4to. London.

reichert sein. Aber diese änderungen und umgestaltungen
werden schwerlich allzu weitgehend gewesen sein, im allgemeinen darf man jedenfalls annehmen, dass der fremde charakter des originals bewahrt wurde. Darauf hin deutet schon
die entschiedene sprache, mit der Richard Head, der verfasser
eines wirklich nationalen gaunerromans, des „English Rogue",
den bisher erwähnten übertragungen gegenüber stellung
nimmt.[1]) Gleich in der einleitung zu seinem roman tritt er
etwaigen vorwürfen, ein plagiat verfasst zu haben, mit den
worten entgegen: „But some may say, but this is but actum
agere, a Collection of Guzman, Buscon, or some others that
have writ upon this subject; Crambem bis coctam apponere;
and that I have onely squeezed their Juice (adding some
Ingredients of my own) and afterwards distilled in the Lym-
beck of my own Head. Non habes confitentem reum, I ne'er
extracted from them one single drop of Spirit. As if we could
produce an English Rogue of our own, without being beholding
to other nations for him. I will not say that he durst vye
with either an Italian, Spanish or French Rogue; but having
been stept for some years in an Irish Bogg, that hath added
to much to his Rogue-ships perfection, that he out-did them
all by out-doing one, and that was a Scot; I need not use of
the Epithite Roguish, since the very name proves it a Tauto-
logie. If I have borrowed any thing, it was not from what
past the press; but what I have taken upon the score in
discourse. I here repay with usury, but not in the same
commodity. Etiamsi apparet unde sumptum sit, aliud tamen,
quam unde sumptum sit, apparet." In ähnlicher weise sucht
Head noch an mehreren anderen stellen die originalität seines
werkes zu verteidigen. Selbstgerechte autoreneitelkeit und
nationales selbstgefühl sprechen dabei sicher mit, aber derartig

---

[1]) Ich muss mich leider auf indirekte argumente beschränken. Eine
direkte beweisführung hätte eine nähere bekanntschaft dieser übersetzungs-
litteratur erfordert. Persönliche gründe verboten mir indes vorläufig ein
längeres studium auf englischen bibliotheken, das dazu doch unbedingt
nötig gewesen wäre. Doch hoffe ich bei einem späteren besuche in England
zeit und gelegenheit zu finden, um die hier niedergelegten untersuchungen
zu einer vollständigen geschichte des englischen schelmenromans mit be-
sonderer berücksichtigung auch der übersetzungen in ihrem verhältnis zu
den fremden originalen zu erweitern.

seine eigenen nationalen tendenzen hervorheben und dementsprechend auf die ausländischen produkte von oben herab
sehen [1]) konnte man doch wohl nur, wenn eben diese beliebten
geschichten von Guzman, Lazarillo, Francion und anderen
abenteurern nicht mehr waren als sklavische übersetzungen,
die ihren fremden ursprungscharakter so gut wie gar nicht
abgestreift hatten.

Man sieht: Head war sich des fortschritts, den sein
„Englischer Schelm" den von auswärts importierten werken
gegenüber bedeutet, im vollen masse bewusst. Anregung und
form entlieh er den Spaniern; auch einzelne motive und
episoden nahm er bewusst oder unbewusst herüber, den allgemeinen hintergrund aber, das geschichtliche und örtliche milieu,
sitten und gebräuche, zustände und personen, entnahm er den
umgebenden zeitverhältnissen und nicht zum wenigsten seinen
eigenen erfahrungen und erinnerungen. Er erstrebte als einer
der ersten auf dem gebiete des prosaromans, was den Eng-
ländern zu allen zeiten in so hervorragender weise gelungen
ist: ausländische litteraturprodukte auf heimischen boden zu
verpflanzen. Eine eingehende untersuchung seines romans
mag im einzelnen darthun, in welchem masse er es verstanden
hat, den schelmenroman, seines fremdartigen charakters be-
raubt, nationalen verhältnissen und bedürfnissen anzupassen.

Ueber die lebensverhältnisse Heads ist uns wenig bekannt,
und selbst das geburts- und todesdatum (1657? — 1686?)
stehen nicht fest. Wir wissen nur soviel, dass er als sohn
eines geistlichen in Irland geboren wurde, infolge der irischen

---

[1]) Besonders deutlich reden in dieser beziehung einige dem werke
vorausgeschickten und N. D. unterzeichneten widmungsverse:

„What others writ, was ta'en upon the Score;
Thou art in Re, what they but feign'd before.
They did but lisp, or worse, speak trough the Nose:
Thou hast pronounc't, and liv'st in Verse and Prose.
Guzman, Lazaro, Buscon, and Francion,
Till thou appear'dst did shine as high Noon.
Thy book's now extant; those that Judge of Wit,
Say, They and Rablais too fall short of it.
How could't be otherwise, since 'twas thy fate,
To practice what they did but imitate.
We stand amazed at thy Ephesian Fire:
Such purchas'd Infamy all must admire."

revolution von 1641, die seinem vater das leben kostete; mit
seiner mutter nach England flüchten musste, hier zu Bridport in Dorsethshire die lateinische schule besuchte und nach
kurzem aufenthalt auf der universität Oxford in London
buchhändler wurde. Aber verluste im spiel führten zweimal
seinen bankerott herbei und ruinierten seine vermögensverhältnisse derart, dass er sich seinen notdürftigsten lebensunterhalt „by scribbling for the booksellers at 20 s. per sheet"
erwerben musste. Auf einer reise nach der insel Wight soll
er 1686 durch ertrinken seinen tod gefunden haben. [1])

Head war auf verschiedenen gebieten litterarisch thätig
und verfasste eine ziemliche anzahl von werken, die indes bis
auf den „English Rogue" ziemlich unbedeutend und heute
ganz vergessen sind. Der „Englische Schelm" [2]) erschien 1665
bei Henry Marsh und wurde bereits im folgenden jahre neu
aufgelegt von Francis Kirkman. Der beifall, den der roman
fand, veranlasste letzteren, den verfasser zu einer fortsetzung
aufzufordern. Dieser aber lehnte ab mit rücksicht auf die üble
nachrede, die ihm das erscheinen des buches beim publikum,
welches im helden des buches absolut den verfasser erkennen
wolle, zugezogen habe. Auch ein zweiter autor — es soll
Gerard Langbaine gewesen sein —, an den sich der verleger
wandte, wies das anersuchen zurück, sobald er hörte, dass
es sich um eine fortsetzung des „Rogue" handele. So ent-
schloss sich Kirkman, selbst den zweiten teil zu schreiben,
der bereits Februar 1668 die lizenz erhielt, von dem aber
keine älteren ausgaben als von 1671 erhalten sind. 1671 erschien auch noch ein dritter und vierter teil; ein fünfter
wurde in aussicht gestellt. Kirkman behauptet, der dritte
und vierte teil sei von ihm und Head gemeinsam verfasst,
und dementsprechend ist allerdings die vorrede zum vierten
teil von beiden gemeinsam unterzeichnet. Doch stellt letzterer

---

[1]) Vgl. Chambers' Dict. of Nat. Biogr. XXV p. 326 ff.

[2]) Die titelseite lautet in vollständigem wortlaut: The | English Ro-
gue | Described | in the | Life | of | Meriton Latroon | A Witty | Extrava-
gant | Being a Compleat History of the | Most | Eminent Cheats | of | Both
sexes || Read, but don't Practice: for the Author findes | They which live
honest have most quiet mindes | Dixero si quid forte jocosius hoc mihi
juris | Cum & enia dalis. || London, printed for Henry Marsh, at the Princes |
Arms in Chaucery Lane. 1665.

in seinem „Proteus Redivivus, or the Art of Wheedling or Insinuation (London 1675, 8vo)" seine verfasserschaft für irgend einen teil ausser dem ersten entschieden in abrede. Zwar hätte er die fortsetzung und vervollständigung des romans ursprünglich beabsichtigt gehabt, sei aber davon abgekommen „seeing the continuator hath already added three parts to the former, and never, as far as I can see, will make an end of pestering the world with more volumes and large editions." Eine gesamtauflage aller vier teile erfolgte 1680. Ein abriss des ersten teils, von Head besorgt, wurde 1679 und noch einmal 1688 gedruckt. Ein fünfter teil erschien als anhang zu einem äusserst gedrängten abriss des ganzen romans 1689 zu Gosport. Ein moderner neudruck der vier ersten teile und zwar des ersten von 1665, des zweiten von 1671, des dritten von 1673 und des vierten von 1680 erschien 1874 in vier oktavbänden. [1])

Bevor ich zu einer kritischen untersuchung des romans übergehe, will ich in den folgenden abschnitten zunächst eine möglichst gedrängte übersicht über den inhalt geben.

Wie in den spanischen schelmenromanen erzählt der held selbst und beschäftigt sich in einem einleitenden kapitel zunächst mit seinen eltern (I, 1. 2). Sein vater ist der sohn eines einfachen landmanns und besucht auf kosten eines hohen gönners lateinschule und universität. Natürlicher hang und schlechte gesellschaft treiben ihn früh einem liederlichen leben in die arme, das zuletzt seine entfernung von der universität herbeiführt. Auf das land zurückgekehrt, knüpft er mit einem mädchen aus wohlhabender und angesehener familie hinter dem rücken der eltern ein illegitimes verhältnis an und geht mit dieser bald darauf als kaplan eines vornehmen mannes nach Irland. Hier kommt der held zur welt. Der irische aufstand von 1641 zwingt die familie zur flucht nach England. Während der vater von rebellenhand fällt, entkommen mutter und sohn mit genauer not und landen nach einer beschwerlichen seefahrt in Plymouth. Mittellos und auf sich angewiesen, verfällt seine mutter auf einen sonderbaren schwindel, der auf die religiösen verhältnisse Englands zur zeit der

---

[1]) Vgl. zu dem ganzen abschnitt Chambers' Dict. of Nat. Biogr. XXV s. 326.

Puritanerherrschaft grelle streiflichter wirft (I, 3). Unter der
maske der frommen, von religiösem eifer beseelten glaubens-
schwester schleicht sie sich in die kreise protestantischer
sekten ein. Ihr scheinheiliges wesen und keckes raffinement,
das besonders die männer täuscht, sichern ihr in den meisten
fällen eine gastliche aufnahme und ausgiebigen kredit, den sie
natürlich nach möglichkeit ausnutzt. In steter furcht natürlich, durchschaut zu werden, fasst sie nirgends festen fuss und
erst in Biraport (Bridport) lässt sie sich nach einer unstäten
wanderfahrt durch das südliche England nieder. Hier erwirbt
der kleine Latroon seine elementarkenntnisse. Aber bereits
auf der schule offenbart sich die niedertracht seines charakters.
Lehrer und mitschüler haben auf jede weise unter seinen
boshaften chikanen zu leiden, kein obstgarten und geflügelstall
ist vor seinen diebischen fingern sicher, und für die seinen
kameraden gemausten sachen findet er beim hehler bequemen
absatz. Das treiben des jugendlichen taugenichts wird so
toll, dass ihn seine mutter zu einem äusserst gestrengen lehrer
in pension thun muss. Aber auch die derbe zucht, die er hier
geniesst, vermag sein hinterlistiges und ungezogenes wesen,
unter dem besonders die dienstmagd zu leiden hat, nicht zu
ändern. Das resultat aller bemühungen ist schliesslich, dass
er davon läuft.

Seine ersten abenteuer erlebt er in der gesellschaft einer
zigeunerbande, die bei tage bettelnd und plündernd die länd-
lichen distrikte heimsucht und nachts in abgelegenen scheunen
und schuppen unter lärmendem jubel ihren raub verprasst
(I, 4. 5). Doch bald ist er ihrer überdrüssig, und mit einem
älteren genossen, der ihn in die pfiffe und kniffe der bettler
eingehend einweiht, schlägt er sich nach London (I, 6). Hier
tritt er zunächst ebenfalls in diese edle zunft ein und entwirft von dem treiben der hauptstädtischen bettler, ihren
einrichtungen und raffinierten erfindungen, die darauf zielen,
durch imitierte gebresten das mitleid der almosengeber zu
erwecken, ein anschauliches bild (I, 6. 7). Latroon begeht
verschiedene diebereien (I, 8) und ist schon jetzt auf dem
besten wege, ein ganz gewöhnlicher gauner zu werden, da
nimmt sein schicksal auf einmal eine andere wendung. Ein
wohlhabender kaufmann findet gefallen an dem aufgeweckten
burschen und giebt ihm eine anstellung in seinem geschäft (I, 9).

Fleiss und diensteifer erwerben ihm das wohlwollen seines
herrn, wie seine gefälligkeit die zuneigung des ganzen hauses.
Aber schlechte gesellschaft bringt ihn bald wieder auf schiefe
bahnen. Er gerät in einen kreis junger leute, die, geschäfts-
gehilfen gleich ihm, „profit the body, please the pallate and
fill the pocket" sich zur lebensmaxime gemacht haben und,
um die ausgaben für ihre nächtlichen gelage und gefälligen
courtisanen bestreiten zu können, förmlich bandenmässig or-
ganisiert, diebstahl und hehlerei auf gemeinschaftliche rechnung treiben (I, 10). Auch er bestiehlt, um seinen nächtlichen
vergnügungen nachgehen zu können, lager und kasse seines
gebieters und entläuft schliesslich. Längere zeit führt er jetzt
ein wüstes leben und treibt sich gaunernd und zechprellend
mit gleichgesinnten genossen in den gemeinsten spelunken und
bordells herum. Interessante einblicke eröffnen sich dabei in
das treiben der spiel- und hurenhäuser. Nach einer reihe
sonderbarer abenteuer, die ihn bald als magd verkleidet in
ein pensionshaus bringen, wo er zu fast allen mägden in ge-
schlechtliche beziehungen tritt (I, 13), dann wieder in die
hände eines seelenverkäufers fallen lassen (I, 14) und verschiedene male mit der polizei in unliebsame berührung bringen,
kehrt er zu seinem früheren herrn zurück (I, 16). Vermöge
seiner verstellungskunst gewinnt er dessen altes vertrauen
bald wieder, lohnt dasselbe jetzt aber noch schlechter wie
vorher. Nicht nur, dass er sein altes plünderungssystem fort-
setzt, macht er seinen prinzipal überdies zum hahnrei und
bringt ihn schliesslich als bankerotteur ins schuldgefängnis,
wo derselbe nach kurzer zeit stirbt. Nachdem auch dessen
treulose frau, seine geliebte, die ihn vergeblich zur einlösung
seines eheversprechens drängt, bald darauf gestorben, steht er
als alleiniger herr des allerdings stark verschuldeten besitz-
tums da (I, 19). Er findet sich mit den gläubigern ab und
setzt seine ausschweifende lebensweise weiter fort (I, 20). Mit
seinen geschlechtlichen gelüsten verfolgt er vor allem seine
dienstmägde, um sich ihrer dann, sobald sie sich mutter fühlen,
auf die gemeinste weise zu entledigen. Auf die dauer setzt
indes sein liederlicher lebenswandel seinen vermögens- und
gesundheitsverhältnissen doch zu arg zu. Er sieht sich genötigt einzuhalten, widmet sich wieder mehr seinen geschäften
und heiratet sogar (I, 21). Dabei fällt er aber gründlich herein.

Die ehe gestaltet sich äusserst unglücklich, und dem Don Juan, der so manchen ehegatten betrogen, werden jetzt von seinem eigenen weibe hörner aufgesetzt. Er überrascht sein ungetreues weib mit ihrem galan in flagranti und jagt sie aus dem hause. Inzwischen aber gestalten sich seine geschäftsverhältnisse immer trauriger. Er ergreift den einzigen ausweg und wird unter mitnahme grösserer erschwindelter summen flüchtig. Nach einer beschwerlichen seereise gelangt er nach Dublin, gerät aber hier, da sein ganzes vermögen bei der überfahrt verloren geht, bald in die dürftigste lage (I, 23). Völlig ausgehungert und heruntergekommen, erweckt er das mitleid einer älteren, vermögenden speisewirtin, die ihn bei sich behält und gegen befriedigung ihrer zärtlichen gelüste mit nahrung und geld im überfluss versieht (I, 26). In ähnlicher weise sucht er sich auch nach ihrem tode durchzuschlagen, und, nachdem er sich noch bei mehreren witwen und mädchen durch heiratsversprechen unterstützungen erschwindelt (I, 30), kehrt er über den kanal nach England zurück.

Er wird jetzt strassenräuber und führt als solcher ein reich bewegtes leben. In dasselbe spielen episoden mannigfachster art hinein, die zum teil einen sehr pikanten anstrich haben. Dahin gehören: der aufenthalt im hause des farmers, dessen unschuldige tochter er verführt und sitzen lässt (I, 32), das begegnis mit den drei weiblichen berufsgenossinen, die, echte nachkommen der spanischen Picara, in männerkleidung das räuberhandwerk treiben (I, 33), und das verhältnis mit der hübschen, ästhetisch angehauchten witwe, die er durch seine geistreiche manier zu bezaubern weiss (I, 54). Ganz unpassend fällt dazwischen der langatmige bericht eines sachwalters über seine schwindelmanöver (I, 39—50).

Der ertrag seines räuberlebens setzt den helden in den stand, nach London zurückzukehren und für einige zeit das leben des verschwenderischen lebemannes wieder aufzunehmen (I, 55). Aber nur zu bald sind seine mittel erschöpft, und das gaunerleben hat den alten verbrecher wieder. Seine frau findet er gelegentlich als dirne wieder und errichtet mit ihr zusammen ein bordell, das aber bald aufgehoben wird. Tiefer denn je zuvor sinkt er in den abgrund menschlicher not und verworfenheit, und endlich erreicht ihn, der so manchmal dem arm der rächenden gerechtigkeit entgangen war, das verhängnis.

Bei einem strassenraub wird er gefasst und festgesetzt (I, 58). Im gefängnis endlich überkommt ihn die reue, der er zum besten seiner mitmenschen in der mitteilung von massregeln, wie man sich vor wegelagerern zu hüten, einen etwas sonderbaren ausdruck giebt (I, 59—64).

Aber die todesstrafe, die er sicher erwartet hatte und die ihm anfänglich auch zuerkannt worden war, wird in siebenjährige verbannung umgewandelt (I, 65). Das deportationsschiff, das ihn nach Indien bringen soll, leidet auf hoher see schiffbruch. Im wildesten sturme rettet er sich mit einem teil der mannschaft auf ein anderes schiff; doch auch dieses wird ein opfer der empörten wellen. Mit knapper not gewinnt er die portugiesische küste (I, 66). Hier macht er die bekanntschaft eines spanischen kapitäns und sticht mit diesem nach Ostindien in see. Aber neue hindernisse legen sich in den weg. Maurische korsaren überfallen das schiff und schleppen die mannschaft in die sklaverei (I, 67). Er selbst gerät in die hände eines teuflischen Juden, der ihn auf das grausamste peinigt, aber schliesslich in der furcht, sein opfer zu tode zu quälen, an einen griechischen kaufmann weiter verkauft. Dieser behandelt ihn besser und nimmt ihn mit auf eine handelsreise nach Ostindien. Abermals gerät er in die gefahr in die gewalt mohammedanischer seeräuber zu geraten, die das schiff im angesicht der indischen küste angreifen. Diesmal rettet er sich mit einigen gefährten ans sichere gestade und findet nach mehrtägiger irrfahrt durch unbekanntes, von kannibalen bevölkertes gebiet ganz erschöpft aufnahme auf einem portugiesischen schiff (I, 68). In Surrate trifft er wieder mit landsleuten zusammen und macht als matrose in ihrer gesellschaft eine fahrt durch die indischen gewässer. Dieselbe bringt ihn bis Siam und selbst Mauritius und ist reich an abenteuern, die zum teil wie die besteigung eines feuerspeienden berges auf Ceylon (I, 73) und das rencontre mit einem indischen kaufmann, der, von Latroon beschwindelt, aus rache die eingeborene bevölkerung gegen die fremden aufgehetzt hatte (I, 74), für die beteiligten einen äusserst gefährlichen verlauf nehmen. Ueberall macht er sich mit land und leuten angelegentlich bekannt, und besonders der eigentümliche religionskultus der Inder mit seinen prozessionen und witwenverbrennungen wird in anschaulichen bildern geschildert

(I, 70). Zuletzt heiratet der held in Calcutta eine wohlhabende eingeborene, die besitzerin eines theehauses, und führt mit derselben, zumal sich die vermögensumstände sehr günstig gestalten, eine ganz erträgliche ehe (I, 76). Damit schliesst der erste, von Head verfasste teil.

Kirkman nahm den faden der erzählung dort, wo ihn Head verlassen hatte, wieder auf und begann seine fortsetzung, anschliessend an die letzten kapitel des ersten teils, nach einer kurzen rekapitulation des bisherigen lebenslaufes des helden mit einer allgemeinen darstellung „of the Government, Manners, and Customs, both Ecclesiastical and Civil of the Country" (nämlich Indiens). Ausflüge in die umgegend Calcuttas geben Latroon gelegenheit, auch das leben auf dem lande kennen zu lernen (II, 1. 2). Aber die neuheit der verhältnisse hat für den alten abenteurer bald ihren reiz verloren, und, trotzdem seine geschäftlichen einkünfte sich immer einträglicher gestalten, wird ihm sein indischer aufenthalt von tag zu tag eintöniger und verleideter. Mit um so grösserer freude begrüsst er daher das einlaufen einer englischen flotte von vier schiffen (II, 3). Der kapitän eines dieser schiffe nimmt nebst fünf anderen begleitern ständiges quartier in seinem hause. Bald entwickeln sich zwischen dem helden und den neuen ankömmlingen, die ihm als landsleute, mehr noch als gleichgesinnte gauner und abenteurer höchst sympathisch sind, lebhafte freundschaftliche und dann auch geschäftliche beziehungen. Es stellt sich heraus, dass zwei personen der gesellschaft, die ihm von vorn herein wegen ihrer weichen und hübschen gesichtszüge aufgefallen waren, frauen sind und er eigentlich den anstoss zu ihrem verfehlten dasein gegeben hat (II, 33). Die männliche verkleidung der beiden giebt anlass zu einer reihe ergötzlicher episoden, die aber einen traurigen abschluss finden. Die eingeborene frau des helden verliebt sich nämlich in die hübschen gesichter der angeblichen männer und stellt ihnen mit begehrlichem ungestüm auf schritt und tritt nach. Nur mit mühe wird sie wiederholt zurückgewiesen. Darüber aufgebracht, vergiftet sie schliesslich die beiden, und während die eine mit dem leben davon kommt, stirbt die andere (III, 22). Inzwischen aber sind von den männern alle vorkehrungen für die abreise getroffen. Eine grosse menge auf kredit erhaltener waren wird heimlich aufs schiff geschafft, und, ehe bezahlung geleistet, segeln sie, auch Latroon, davon (III, 33). Um das Cap der guten Hoffnung herum erfolgt die heimkehr nach Europa. In Messina wird unter vorteilhaften bedingungen schiff und ladung verkauft, und nach einer streiffahrt durch Sicilien, die gelegenheit giebt, den reichtum und die schönheit dieser insel begeistert zu preisen, wendet sich die gesellschaft nach Neapel (IV, 1. 2). Damit bricht die fortlaufende handlung im anfang des vierten teiles ab. Die übrigen kapitel desselben berichten erlebnisse des kapitäns und anderer, wie denn überhaupt in der fortsetzung des romans von Kirkman der held und dessen persönliche lebensumstände völlig in den hintergrund treten. Den hauptinhalt der drei letzten teile bilden die lebensgeschichten der sechs in Indien neu hinzugekommenen personen, die Latroon teils in seinem hause in Calcutta, teils auf der heimreise erzählt werden.

Als erster berichtet seinen eigenen lebenslauf und die merkwürdigsten ereignisse aus dem leben zweier seiner genossen George, the tailor. Als sohn verkommener eltern gerät er früh auf die bahn des lasters und verbrechens (II, 4). Nachdem er in einer reihe von stellungen bereits lehrlingsdienste gethan hat, kommt er zu einem stuckateur (II, 13). Hier passiert ihm das unglück, dass er durch eine dumme unvorsichtigkeit das leben seines herrn stark gefährdet. In der allerdings irrigen meinung, seinen tod herbeigeführt zu haben, flieht er und gerät auf die landstrasse (II, 14). Längere zeit treibt er sich bettelnd und gaunernd herum, kehrt dann nach London zurück und tritt bei einem schneider in die lehre (II, 18). Wie Latroon wird er mit einer gesellschaft junger leute bekannt, denen jedes unehrliche mittel genehm, um auf kosten ihrer prinzipale ein ausschweifendes leben führen zu können. Einige mitglieder dieser würdigen genossenschaft schliessen sich bald näher an ihn an. Der gegenseitige austausch ihrer erlebnisse eröffnet interessante einblicke in die missstände des damaligen geschäftslebens. Ein makler (scrivener) erzählt von den kniffen und dunklen ehrengeschäften der geldleute (II, 18—21). Ein buchhändler (bookseller) macht eingehende mitteilungen über die schwindeleien in seinem gewerbe (II, 22—24). Der grösste schelm aber ist ein materialwarenhändler (drugster). Nachdem er als junger gehilfe die

zeiten der Puritanerherrschaft schlau benutzt und unter dem
deckmantel frommen religionseifers seinen prinzipal und seine
glaubensbrüder aufs ärgste beschwindelt hat, legt er mit dem
eintritt der restauration diese allüren ab und tritt, um bei
hofe zu gefallen, als vornehmer und ausschweifender lebemann
auf (II, 28). Bald sind seine mittel erschöpft. Nachdem er
sich dann einige zeit als schmuggler herumgetrieben, gründet
er mit geldern, die er von seinen verwandten ergaunert hat,
in London ein geschäft (II, 29). Aber seine luxuriöse lebensweise und gewagten spekulationen führen nach kurzer zeit
seinen bankerott herbei. Mit mehr glück setzt er seine
handelsunternehmungen auf dem lande fort. Mit dem ge-
wonnenen gelde errichtet er in der hauptstadt ein neues geschäft, das auch anfangs gut geht (II, 30). Grössere verluste
indes, die er vergebens durch termingeschäfte wett zu machen
sucht, führen ihn abermals vor den finanziellen ruin (II, 31).
Im begriff, mit den ansehnlichen resten seines vermögens nach
Holland zu flüchten, wird er fest genommen, aber mit hilfe
des schneiders und maklers aus dem schuldgefängnis befreit.
Alle drei beschliessen auf vorschlag des maklers, der durch
gefälschte wechsel vorher seine taschen wohl gefüllt hat, nach
Ostindien in see zu gehen.

Der kapitän des Ostindienfahrers, auf dem sie sich nebst
zwei concubinen einschiffen, ist ihnen befreundet und teilt auch
ihre weiteren schicksale. Sein lebenslauf ist abenteuerlich und
reich an leichtsinnigen und verbrecherischen streichen wie der
seiner gefährten. Als uneheliches kind wird er zu Bristol
geboren (IV, 7). Von seinen eltern verlassen, wächst er in
schande und not auf. Frühzeitig entwickeln sich in dem
knaben lasterhafte neigungen, zumal die besitzerin eines öffentlichen hauses seinen hang zu spirituosen unterstützt und ihn
zu diebereien anstiftet. Die strenge zucht eines korrektions-
hauses ist ohne einfluss auf den jugendlichen sünder (IV, 9).
Man bringt ihn von hier auf ein nach Barbados bestimmtes
schiff. Als kajütenjunge gewinnt er trotz mancher dummen
streiche das besondere wohlwollen des kapitäns (IV, 10). Die
bunt zusammengewürfelte schiffsgesellschaft wird im einzelnen
geschildert, die beste gelegenheit, um gleich eine ganze kol-
lektion aller möglichen „Rogues" vom freigeistigen, die religion
nur als dankbares aushängeschild benutzenden prediger und vom

gerissenen hochstapler bis herab zum gemeinen einbrecher und
zur feilen dirne zu vereinigen (IV, 11). Nach mehreren reisen
wird er hochbootsmann und später kapitän. Als solcher erlebt
er noch eine grosse anzahl von abenteuern, die indes sämtlich
auf dem lande spielen und denen der übrigen gleichen (IV,
13—18). Einen interessanten einblick geben sie dem leser in
das treiben der spielhöllen.

Tritt in den lebensgeschichten der männer die freude an
wildem abenteurerleben und raffinierten gaunerstreichen in den
vordergrund, so herrscht in denen der weiber der schmutz und
die zote. Mrs. Mary, die eine der beiden nach Indien ver-
schlagenen abenteurerinnen, ist eins der mädchen aus jenem
pensionshaus, in dem Latroon, als magd verkleidet, längere
zeit vor den nachforschungen der polizei unterschlupf gefunden
hatte (I, 13). Von ihrer herrschaft verjagt, von ihren eltern
verstossen, findet sie aufnahme bei einer tante (II, 34). Die
geplante heirat mit einem wohlhabenden freier wird durch
ihr dienstmädchen, das ihren fehltritt verrät, hintertrieben.
Sie geht jetzt nach London und sinkt hier, anfangs als maitresse
ihres früheren bräutigams, dann anderer tiefer und tiefer,
bis sie schliesslich in einem „bawdy-house" aufnahme findet.
Eingehend schildert sie die zustände in den bordells, die
hinterlistigen praktiken der kuppler und das entsetzliche los
ihrer armen opfer (II, 35). Ehe sie indes die niedrigste der
drei stufen, in die die insassinnen vieler öffentlichen häuser
eingeteilt sind, erreicht hat, gelingt es ihr mit unterstützung
eines reichen liebhabers frei zu kommen (II, 36). Nachdem
sie dann einige zeit zurückgezogen gelebt hat, zwingt sie die
not, ihr unsittliches gewerbe wieder aufzunehmen. Schliesslich
folgt sie dem „drugster" als maitresse nach Indien (II, 37).

Auch die andere abenteurin, Mrs. Dorothy, ist eine alte
bekannte Latroons, nämlich die farmerstochter, mit der er
während seiner strassenräuberzeit im hause ihres vaters intim
verkehrt hatte (I, 32). Nach seinem heimlichen weggange
wird sie von einem kinde entbunden und geht bald darauf,
von ihren eltern zu einer ihr unangenehmen heirat gedrängt,
nach London (II, 38). Hier wird sie hausmädchen und unter-
hält zu gleicher zeit und im selben hause ein verhältnis mit
drei liebhabern. Alle drei werden mit grossem raffinement
betrogen und gehörig ausgenommen. Mit geldmitteln so

reichlich versehen, geht sie, um ihre zweite niederkunft zu erwarten, auf das land (III, 1). Unterwegs macht sie die bekanntschaft eines in laster und verbrechen grau gewordenen weibes, das mit dem besitzer eines übel berüchtigten gasthauses verheiratet ist. Bei diesen findet sie aufnahme und verkauft ihr kind durch vermittlung der alten kupplerin an eine vornehme dame, die es ihrem gemahle als ihr eigenes unterschiebt (III, 6). Der aufenthalt im gasthause giebt der erzählerin gelegenheit, vom damaligen treiben in der kneipe und auf der landstrasse eine interessante, durch komische schwänke reich gewürzte darstellung zu geben. Szenen, in denen der wirt die gäste und diese wieder ihn beschwindeln, listige streiche, die das personal sich gegenseitig spielt und wobei besonders der kellnerbursche eine äusserst ergötzliche rolle spielt, wechseln ab mit episoden aus dem leben der taschendiebe und wegelagerer, die in dem gasthause ein- und ausgehen (III, 7—16). Mrs. Dorothy erlebt noch, dass das alte verbrecherpaar von wirtsleuten wegen raubmordes gefänglich eingezogen und hingerichtet wird (IV, 2). Sie selbst geht mit einem soldaten, dessen liebesabenteuer mit der gattin eines reichen kaufmanns etwas an das verhältnis des barbierlehrlings zur frau des dr. Sagredo im „Marcos de Obregon" erinnert (III, 17. 18), nach London, wo sie unter anderen liebhabern auch die bekanntschaft des „scrivener" macht (IV, 6) und dadurch nach Indien kommt.

Ich habe im vorausgehenden den inhalt des „Englischen Schelmen" in groben umrissen zu skizzieren versucht. Wenn das gesamtbild etwas sehr verworren und kunterbunt ausgefallen ist, so darf man doch die schwierigkeiten nicht verkennen, die in der natur der sache selbst liegen. Bei einem roman, wo wie hier fortwährend situation und personen wechseln, erzählung in erzählung geschachtelt ist, fällt es einer sichtenden hand schwer, auch nur einige ordnung zu schaffen. Manches wäre vielleicht besser ganz ausgefallen, anderes wieder, das mehr hervorgehoben zu werden verdiente, mag zu sehr in den hintergrund getreten sein. Indessen ist es vom standpunkte der ästhetischen beurteilung im letzten grunde ziemlich gleichgiltig, ob überall das wichtigere von dem weniger wichtigen richtig gesondert ist. Denn den geist und die tendenz des ganzen verrät das eine stück so gut wie

das andere. Eine künstliche gliederung aber, die jedem einzelnen teile im organismus des ganzen seinen besonderen platz
anwiese, vermisst man durchaus. Der „English Rogue" ist
alles andere als ein kunstwerk. Wir müssen allerdings berücksichtigen, dass wir es mit den anfängen des modernen
realromans zu thun haben. Der schelmenroman arbeitet, wie
bereits in der allgemeinen einleitung hervorgehoben ist, mit
den alten kunstmitteln und daher auch mit den alten fehlern
des idealistischen romans. Verworrenheit und regellosigkeit
im aufbau der handlung, fortwährendes hervortreten neben-
geordneter und gänzlich unbekannter, neuer personen, abschweifende episoden und reflexionen wie mangelhafte moti-
vierung und charakteristik kennzeichnen die spanischen
vorbilder so gut wie ihre nachahmungen und sind zum teil
bei der darstellung eines gewöhnlichen abenteurerlebens auch
mehr oder minder unvermeidlich. Aber alle diese missstände
ästhetischer art machen sich im „Englischen Schelmen" in
geradezu erschreckender weise geltend. Grosse partien des
romans erwecken den eindruck, als hätte man es nur mit
einer zusammenhanglosen aneinanderreihung abenteuerlicher
episoden und burlesker schwänke zu thun. In formaler hinsicht noch am wenigsten angreifbar steht der erste, von Head
verfasste teil da. Der held steht im allgemeinen im mittelpunkt der handlung; persönliche reflexionen des verfassers
fehlen fast ganz und beschränken sich auf einige scharfe aus-
fälle gegen die Puritaner; desgleichen sind abschweifende
digressionen ziemlich vermieden, obgleich auch hier ein gänzlich unbekannter sachwalter sich gemüssigt sieht, in nicht
weniger als elf kapiteln (I, 39—50) seine erfahrungen und
gaunereien im rechtsberufe zum besten zu geben. Die handlung bewegt sich zwar sprunghaft, aber doch entschieden
fortschreitend, und das retardierende moment ist besonders in
den letzten partien passend verwendet, um spannung und überraschung hervorzurufen. Die abenteuer Latroons sind dabei
lebhaft und nicht gerade ungeschickt erzählt. Der stil ist
einfach und dem verständnis des publikums angepasst.[1]

---

[1] Ueber sein verhältnis zur manieriertheit des euphuistischen stiles
verbreitet sich Head in der einleitung mit folgenden worten: „I am no
aquae potator, an implacable Enemy to Small Beer, all the Purchase I can

Von alle dem hat die fortsetzung des romans von Kirkman
so gut wie nichts aufzuweisen. Von fortschreitender handlung
findet sich in den letzten drei teilen kaum eine spur, und
dabei verspricht der plan, den der verfasser in der vorrede
zum zweiten teil für die fortführung des werkes entwirft,
scheinbar eine ganz lebhafte entwicklung. Man erwartet
doch, dass die sechs neuen personen, die zum helden stossen
sollen, mit diesem zusammen in den überseeischen ländern eine
reihe interessanter abenteuer erleben werden, etwa in der art
und weise, wie es Defoe später in seinem „Kapitän Singleton"
ausgeführt hat, und statt dessen — diese „four male and two
female Companions, as good Boys and Girls as ever twang'd",
kommen zufällig nach Ostindien, erzählen ihre erlebnisse, be-
trügen einige indische kaufleute und fahren heim. Ueber-
raschend wirkt dabei die naivität, mit der anknüpfungspunkte
an das vorleben des helden dadurch hergestellt werden, dass
die beiden als männer verkleideten weiber dieser gesellschaft
sich als alte bekannte desselben entpuppen. Die armseligkeit
der erfindung wirkt beinah lächerlich. Aber wenn man nun
einmal die schwachen ansätze zu einer handlung unter dem
wust abschweifender erzählungen fast gänzlich verschwinden
liess, so hätte man doch wenigstens in der art und weise, wie
diese neuen abenteurer ihre lebensschicksale berichten, einige
ordnung und geschmackvolle einrichtung wahren können. Doch
im gegenteil; überall ein unentwirrbares durcheinander. Jeder
hält langatmige, unzusammenhängende reden, wiederholt unter-
brochen von den anderen, die es nicht abwarten können, auch
ihrerseits aus ihrem erfahrungsschatz zur allgemeinen unterhaltung beizusteuern. Dabei ging es noch an, wenn der erzähler nur über seine eigenen erlebnisse berichten wollte;
statt dessen findet er es unbedingt nötig, bei jeder passenden
und unpassenden gelegenheit sich über die abenteuer dritter
personen, mit denen er in seinem leben einmal zufällig zu-
sammengetroffen ist oder von denen er auch nur gehört,

---

boast of, lies in Wine, which is by Moderns highly esteemed for improving
good wits, infusing Elogies and Hyperbolical Exornations, forming such
hard Words in the Brain, as shall, like Acesta's arrows, catch fire as they
flie. But I have wanted from that common rode, respecting more the
matter than words. For my Stile is plain and familiar, rejecting bombast
Expressions, thinking them most happy when most easily to be understood.

weitschweifig und mit deren eigenen worten zu verbreiten.
Häufig fällt es dem leser wirklich schwer, herauszufinden, ob
der berichterstatter eine geschichte von sich oder einem anderen berichtet. Ein irrtum ist in dieser beziehung um so
leichter möglich, als abgesehen von der verworrenheit der
darstellung ein jeder ungefähr dieselben streiche erzählt.
Einer gleicht dem anderen, denn alle sind abenteurer und
gauner gewöhnlichen schlages. Mehr oder weniger sind die
gesamten erlebnisse nach einem muster verfertigt, und das
muster stammt nicht von Kirkman, sondern von Head. Dieser
führt uns wirklich in bunten, anschaulichen bildern das leben
und treiben der niederen volksklassen vor augen, aber sein
fortsetzer wiederholt nur. Er variiert mehr oder weniger
personen und situationen des ersten teils, und nur seine
systematische darstellung von missständen in den einzelnen
gewerben bringt etwas neues. Wir haben es nicht mehr mit
einem „Rogue“, sondern mit einer ganzen gesellschaft derartiger gauner zu thun, und das ermüdet ungemein, zumal
die charakteristik, auch die des helden, äusserst farblos ist.
Man kann die gesamten personen des romans in zwei klassen
teilen: preller und geprellte oder grosse und kleine gauner.
Andere unterschiede, wenigstens innere, giebt es nicht. Von
individueller auffassung und psychologischer vertiefung ist noch
nichts zu bemerken. Freilich sind ja auch die abenteurer
der spanischen romane nur typen, aber ansätze zu einer mehr
individuellen charakteristik lassen doch Lazarillo, Guzman,
Marcos de Obregon deutlich erkennen. Die verfasser des
„English Rogue“ sind über einen öden schematismus nicht
herausgekommen.

Entsprechend der viel gröberen, schablonenhaften zeich-
nung der charaktere ist auch die moralische atmosphäre, in
der die personen des romans leben und atmen, bedeutend
schlechter als bei den Spaniern. Zoten und unflätige schwänke
werden dem leser bei jeder möglichen und unmöglichen gelegenheit mit einer wohlgefälligen behaglichkeit und ungeniertheit aufgetischt, die selbst für die gröbere empfindungsweise
des 17. jahrhunderts in derartigen dingen als stark bezeichnet
werden können. Das schamloseste leisten in dieser beziehung
die lebensgeschichten der weiber, die mit zweideutigen an-
spielungen, pikanten anekdoten und erörterungen über die

allgemeine unsittlichkeit vollgespickt sind. Diese häufung von
schmutz und gemeinheit hat natürlich vor allem auch die
person herabgedrückt, um die sich die ganze handlung dreht,
den helden. Trotz aller ähnlichkeiten ist vom spanischen
„Picaro" bis zum englischen „Rogue" ein weiter sprung. Von
der art des kleinen Lazaro, der mit streichen voll kecker
verschlagenheit und köstlichen humors seinen geizigen pei-
nigern zusetzt, hat sein englischer kollege wenig. Ebenso
geht ihm die gemessene würde und der erfahrene ernst, die
in gewissem masse dem wesen des Marcos de Obregon anhaften,
vollständig ab. Der „Picaro" der Spanier ist im letztem grunde
doch nur ein armer, von des schicksals tücke verfolgter abenteurer, leichtsinnig und ziemlich gewissenlos, aber verbrecherischer handlungen im allgemeinen nur dann fähig, wenn
die not des lebens ihn zwingt. Von spanischen vorbildern am
nächsten kommt Latroon jedenfalls der Guzman, in dessen
wesen ja ein unausrottbarer hang zu diebstahl und betrug als
deutliches charakteristikum hervortritt. Aber der „Englische
Schelm" steht doch noch bedeutend tiefer. Latroon ist der
gewerbsmässige verbrecher, der in der benachteiligung seiner
mitmenschen seinen lebensberuf sieht, und den natürliche ver-
anlagung und mangelhafte erziehung notwendig auf seine
schiefe laufbahn führen mussten. Er betrügt, stiehlt, raubt
systematisch. Gewissensskrupel kennt er nicht. Die spuren
moralischer anwandlungen, die er einige wenige male zeigt,
sind überhaupt nicht ernst zu nehmen. Keine person, kein
verhältnis ist ihm heilig, wo es sich um seinen vorteil handelt.
Als verbrecher beginnt er in früher jugend und müsste als
solcher enden, hätten die verfasser des romans seinen lebenslauf konsequent bis zu ende verfolgt.

Wie die figur des helden ins niedriggemeine hinausge-
wachsen ist, so fehlt auch seinen streichen der anflug schel-
mischen humors und spannender abenteuerlichkeit, der den
besseren erzeugnissen der spanischen schelmenlitteratur eigen
ist. Nicht dass dem „Englischen Schelmen" jeder humor ab-
zusprechen wäre, aber er ist gezwungen, roh und spielt
fast immer ins gemeine. Dabei wird auch hier schematisch
fast immer nach demselben muster verfahren. So ist es einer
der gewöhnlichsten, sich stereotyp wiederholenden gepflogen-
heiten des helden, seine übertölpelten opfer durch hinterlassung

eines zettels mit satyrischen versen noch nachträglich seine
boshafte schadenfreude fühlen zu lassen. Aber wie abge-
schmackt muss ein derartiges mittel auf die dauer wirken,
selbst dann, wenn die witzige pointe häufig gar nicht übel
getroffen ist und dadurch in manchen situationen eine äusserst
komische wirkung erzielt wird! Wirklicher humor liegt indes
oft in der trockenen art und weise, wie über peinliche situationen hinweggegangen wird oder niedrige streiche euphe-
mistisch umschrieben werden. Merkwürdiger weise zeichnet
sich übrigens die fortsetzung Kirkmans an verschiedenen stellen
durch eine gar nicht unfeine situationskomik aus. Aber trotzdem, von dem vielgerühmten humor der modernen englischen
romanschriftsteller lässt die darstellung des „Englischen Schelmen" noch wenig erkennen.

Muss man nach alledem vom standpunkt der ästhetischen
und moralischen beurteilung das resultat dahin zusammen-
fassen, dass der „Englische Rogue" gegenüber den spanischen
schelmenromanen eine bedeutend niedrigere stufe einnimmt,
so hat er trotz aller formalen mängel doch eins so gut wie
jene, das ist der gesunde realismus der schilderung und der
nationale charakter der dargestellten verhältnisse. Eben darauf
beruht seine hohe bedeutung für die geschichte der litteratur
und kultur. Anklänge an spanische vorbilder waren ja nicht
zu vermeiden, und ergaben sich auch bei dem internationalen
charakter des vagabundenwesens schon ganz von selbst. Aber
über ähnlichkeiten und berührungen geht es nicht hinaus;
eine direkte entlehnung liesse sich wohl nirgendwo nachweisen.
Im gegensatz zu seinem französischen kollegen Lesage, der
sich im „Gil Blas" an seine spanischen vorbilder sklavisch
anlehnt, steht Head durchaus auf heimischen boden. Er gab
ausschliesslich eigenes, selbsterlebtes und selbstgehörtes aus
dem leben seiner zeit und seines volkes. Diesen tendenzen
blieb auch der fortsetzer seines werkes, wenn gleich mit ge-
ringerer kunst, treu. Vieles mag ja im zerrspiegel der karri-
katur gesehen sein, aber im grossen und ganzen wird uns der
„Englische Schelm" doch ein naturgetreues zeitbild geben.
Ein roman, von dem Kirkman in der vorrede zum dritten
teile sagt: „It was the vicious practices of these corrupted
times that gave it matter and form, life and being"
darf sicherlich als ein hervorragendes kulturhistorisches

dokument für das englische volksleben des 17. jahrhunderts
gelten. Will man die nationalen gegensätze des spanischen und
englischen schelmenromans richtig verstehen, so muss man
sich vergegenwärtigen, auf welch verschiedenen kulturver-
hältnissen sich das allgemeine milieu auf beiden seiten auf-
bauen musste. Dort die langsam hinsiechende kultur mittelalterlichen feudalwesens: geld und grundbesitz in der hand
einiger wenigen adelsfamilien, und daneben fast ohne übergänge die breite volksmasse, arm und ungebildet, beherrscht
von vorurteilen und eine beute hierarchischer interessen. Hier
das kräftige aufblühen einer neuen zeit, die, aufräumend mit
abgelebten institutionen und in kluger benutzung neuer erfindungen und entdeckungen, einen ungeahnten aufschwung
des handels und gewerbes anbahnt. Beide kulturstadien, das
aufsteigende wie niedersteigende, sind reich an sozialen schäden.
Der bettelstolz des verarmten Hidalgo, die niedrige interessen-
sucht der geistlichkeit und die träge Indolenz der menge sind
für Spanien gerade so typisch wie für die englischen verhältnisse des 17. jahrhunderts die freche, auf nutzbaren vorteil
abgesehene heuchelei in religiösen dingen, die wilde speku-
lationswut der geschäftswelt und die emsige, auf vorwärts-
kommen um jeden preis bedachte rührigkeit des gewöhnlichen
mannes.

Entsprechend dem abweichenden charakter der allgemeinen
kultur sind auch die verhältnisse, in denen sich die personen
des romans für gewöhnlich bewegen, und der schauplatz ihrer
abenteuer beiderseits verschieden. Während die erlebnisse der
spanischen abenteurer gewöhnlich in den häusern vornehmer
leute oder auf der landstrasse spielen, geben im „English
Rogue" die sozialen verhältnisse der mittleren und niederen
bevölkerungsschichten den hintergrund ab. Handel und gewerbe, die in Spanien ziemlich zurück treten, stehen im mittelpunkte des englischen volkslebens und bieten natürlich das
weiteste feld für satyrische beleuchtung. Besonders Kirkmann
hat es sich zum vorwurf genommen, die missstände und gaunereien in den verschiedenen berufen systematisch abzuthun.
Mit bezug darauf erklärt er in der vorrede zum zweiten teile:
„Wherefore I shall not enlarge, at this time, onely tell you
that you have here laid before you, a large Catalogue of all

sorts of notorious Rogueries." Besonders gedenkt er sich mit
den kniffen der makler und buchhändler zu beschäftigen, die
er selbst zum eigenen schaden habe erfahren müssen. Daraufhin
giebt er selbst zunächst ein interessantes bild von den leiden
und unfällen, die ihm im buchhandel widerfahren sind, und
führt dann im laufe der erzählung noch einen jungen buchhändler ein, der sich über die unehrlichen geschäftspraktiken
seines gewerbes ausführlich verbreitet.[1]) Bezeichnend für die

----

[1]) Ich möchte in einer anmerkung etwas näher auf diese kapitel des
romans eingehen, die uns an anschaulichen beispielen die stellung der
autoren zum verleger und den nicht ungewöhnlichen missbrauch fremden
verlagsrechtes vor augen führen und daher wohl ein allgemeineres litteraturhistorisches interesse beanspruchen dürfen. Der junge buchhandlungsgehilfe
berichtet, wie sein herr anfangs klein anfängt. Sein lagerbestand ist nur
mässig, auch der kredit beim papierhändler gering. Der verkauf von büchern
beschränkt sich fast ausschliesslich auf „Testaments, Psalters, Grammars,
Accidences, and such books as we call Privileged ware, and indeed were
printed for the Company in general." Der verdienst an derartiger ware
betrug 2 p. am sh., aber der absatz war sicher, wogegen andere werke „of
Divinity, History etc." zwar das doppelte einbrachten, aber viel unsicherer
gingen. Entschiedene fortschritte macht sein geschäft erst, als er unter
missbrauch fremden verlagsrechtes unter der hand eine grosse anzahl exem-
plare eines gut gehenden buches bei einem befreundeten drucker herstellen
lässt und, ohne gefasst zu werden, glücklich verkauft. Das steigert seinen
kredit und setzt ihn in den stand, nunmehr selbt verlagsrechte zu erwerben.
Dabei aber hat er zunächst wenig glück, da die grossen geschäfte in der
kompanie jede neue konkurrenz eifersüchtig niederhalten und die verlags-
bücher von anfängern überhaupt nicht verkaufen, sie müsster sie denn „in
exchange or at low rate" bekommen. Einen äusserst glücklichen griff thut
er indes mit der herausgabe einer religiösen streitschrift. Das buch verkauft sich ausserordentlich gut und begründet seine geschäftliche stellung
sicher. Er kann sein lager jetzt reichlich vervollständigen und beziehungen
zu dem buchhandel auf dem lande anknüpfen. Vor allem ändert sich auch
sein verhältnis zu den autoren. Musste er früher um ihre gunst betteln,
so müssen sie ihm jetzt mit theurem geld die einwilligung, ihre bücher zu
drucken, abkaufen. „If he had a desire to have any thing writ in History,
Poetry or any other Science or Faculty, he had his several Authors, who
for a glas of Wine, and now and then a meals Meat and half a Crown
were his humble servants, having no other hire but that, and six or twelve
of their books, which they presented to friends or persons of Quality; nay,
and when they have had success, if they wanted any more books, they
must pay for them." Er wird allmählich einer der grossen der kompanie
und kann als solcher auch ungestraft deren schwindelmanöver anwenden.
Dahin gehört vor allem auch der abdruck fremder verlagswerke in kleineren
lettern oder im auszuge, so dass „few books that are good, are now printed,

tendenzen, von denen Kirkman bei der fortsetzung des romans beseelt war, ist besonders die laufbahn von „George, the tailor". Sie giebt geradezu ein kompendium dessen, was sich an erfahrungen über gewerbliche missstände zusammen stellen liess. Dieser erlernt zunächst bei einem barbier die chirurgie, läuft aber davon und wird jetzt nacheinander hausknecht, zimmerkellner, küchenjunge. In dieser letzten stellung thut er nebenbei einblicke in die betrügerischen manipulationen der astrologen und das schändliche treiben vieler krankenwärterinnen während der pestzeit. Weiterhin kommt er zu einem schlosser, schneider, bäcker, stuckateur in die lehre und wird schliesslich wieder schneider. Ueberall wird der leser mit wenig witz und desto mehr behagen in die schäden und üblichen schwindelmanöver der einzelnen berufe eingeweiht Eine detaillierte schilderung zu geben, wäre zu umständlich, und in kulturgeschichtlicher hinsicht käme schliesslich doch nur das einfache resultat heraus, dass die kniffe und praktiken damals dieselben waren wie heute, indes angewandt wurden mit einer ungeniertheit und in einem umfange, die selbst nach abzug dessen, was auf kosten der satyre zu setzen ist, heute ausgeschlossen wären.

Eine so hervorragende stellung indes auch eine derartige darstellung gewerblicher missstände in dem breit angelegten gemälde damaligen volkslebens einnehmen musste, in erster linie stand, wenigstens für Head, etwas anderes. Schon die bezeichnung „Rogue", die weniger für einen witzigen schelm als einen gewöhnlichen landstreicher und spitzbuben gebraucht wird, deutet darauf hin. Er wollte das bewegte leben eines vagabunden schildern, der, bettelnd und raubend, betrügend und stehlend, bald die grossstadt, bald die landstrasse unsicher macht. Er konnte dabei an eine reiche litteratur über das heimische diebes- und bettlerwesen anknüpfen, die bereits auf eine hundertjährige vergangenheit zurück sah. Das erste werk dieser sonderbaren litteraturgattung ist John Audeley's „The Fraternitye of Vacabondes". Das buch erschien 1561, indes ist nur eine ausgabe von 1575 erhalten. Ein äusserst

---

only Collections and patches out of the several books; and Booksellers employing the meaner sort of Authors in spoiling anothers Copies by such Epitomies".

umfangreiches werk über das englische gaunerwesen gab dann einige jahre später Thomas Harman heraus unter dem titel „A Caveat or Warening for common crusetors, Vulgarely called Vagabones (London. 1567. 4to)."[1]) Den schluss des buches bildet ein vokabularium der gaunersprache, dem auch Head die in seinem roman mitgeteilten proben und sein später erschienenes „Canting Dictionary" entlehnte. Harman fand zahlreiche nachahmer, die systematisch die streiche und kniffe der verschiedensten gaunerkategorieen zusammenstellten und satyrisch beleuchteten.[2]) Manche anleihe wird sicherlich auch Head bei dieser älteren litteratur gemacht haben.

Head lässt seinen helden als bettler beginnen und kommt

---

[1]) Eine moderne neuausgabe beider werke wurde 1869 für die E. E. T. S. von Furnivall und Edw. Viles, desgleichen 1880 von der „New Shakespeare-Society" veranstaltet.

[2]) Es seien von hierher gehörigen werken erwähnt:

The Ground-work of Conny-catching. 1592. Das buch beruht zum grössten teil auf Harman's werk.

Samuel Rowlands veröffentlichte „Martin Markall, Beadle of Bridewell, His Defence and Answere to the Belman of London, discovering the long concealed Originall and Regiment of Rogues when they first began to take head and how they have succeeded one the other successively unto the six and twentieth yeare of King Henry the Eight, gathered out of the Chronicle of Crackropes and the Legend of Lossels." London 1616. 4to.

Derselbe verfasser verbreitete sich satyrisch über die praktiken der falschspieler in „The Knave of Clubbs". London 1609, 4to und in „More Knaves yet. The Knaves of Spades and Diamonds". London 1612. 4to. 1613. 4to. (Neudrucke beider werke von Utterson, Beldornie Press, 1841). Desgl. in „The Knave of Harts: Haile fellow, well met". 1613. 4to. Brit. Mus. 1076 i. 11. (Nendr. von Utterson, 1840).

Kurz vor dem „Englischen Schelmen" erschien ein eigenartiges werk, das sich über die gewohnheiten und praktiken der diebe verbreitete, im titel aber bereits die einwirkung der spanischen gaunerromane verrät: „Guzman, Alinde and Hannam outstript, being a discovery of the whole Art, Mistery, and Antiquity of Theeves and Theeving, with their Statutes, Laws, Customs and Practices; together with many new and unheard of Cheats and Trepannings. London. 1657. 12mo."

Head selbst kam auf die schilderung des verbrechertums in einem 1672 erschienenen werke zurück: „The Canting Academy, or the Devil's Cabinet open. Wherein is shown the nupterious and villanous practices of that wicked crew commonly known by the name of Hectors, Trapaners, Gilts, etc., to which is added a compleat Canting Dictionary . . . . . with several new Catches, Songs, etc." Bereits 1674 erfolgte eine neuauflage unter dem titel „The Canting Academy or Villanies Discovered".

bei dieser gelegenheit ausführlich auf die einrichtungen und gewohnheiten, sprache und schwindelmanöver der bettler zu sprechen. Selten geht der einzelne allein fechten. Gewöhnlich schliessen sie sich zu grösseren banden zusammen, die nach einem bestimmten plane sich über das land verteilen und für kleinere ortschaften eine wirkliche plage bilden und überall da, wo ihre bettelkünste nichts ausrichten, raubend und plündernd das land heimsuchen. Ueberkommene gewohnheiten und fest geregelte einrichtungen schliessen die mitglieder der truppe fest zusammen. Jeder hat seine bestimmte aufgabe und nimmt einen gewissen grad ein. Kleinere abteilungen haben ihren anführer; an der spitze des ganzen steht ein oberleiter. Ueber die ausstossung eines mitglieds wie den eintritt eines neuen entscheidet die ganze bande. Der ertrag ihrer bettelei und räuberei ist gemeinschaftliches gut und wird gemeinsam durchgebracht. Weniger straff liess sich eine derartige organisation in den grossen städten durchführen. Hier war das bemühen der bettler vor allem darauf gerichtet, durch künstlich imitierte gebrechen das publikum zu täuschen, ähnlich dem, was spanische schelmenromane hierüber berichten. Ueberhaupt gleicht das englische bettlerwesen sehr dem spanischen, spielt aber eine geringere rolle und tritt so auch im „English Rogue" hinter der schilderung des eigentlichen gaunerwesens zurück.

Gewissermassen als die aristokraten unter allen vagabunden galten von jeher die räuber. Die unerschrockenheit und entschlossenheit, die ihr handwerk verlangte, das geheimnisvolle dunkel, das ihre herkunft und existenz umschwebte, die ungebundenheit ihres lebens und ihre angebliche grossmut gegenüber den armen beschäftigten die phantasie des volkes und umgaben ihr treiben mit einem eigenartigen romantischen nimbus. Head wusste diesen traditionellen anschauungen seines publikums rechnung zu tragen. Schon das titelbild seines romans weist darauf hin, dass es ihm vor allem um eine darstellung des räuberwesens zu thun war. Es stellt nämlich strassenräuber in den verschiedenen phasen ihrer thätigkeit vom auflauern bis zum berauben und verlassen ihrer opfer dar; überstehende inschriften erklären die einzelnen momente; darunter steht „The English Padder or Hiway Robber. Portrayd." Die abenteuer des helden als strassen-

räuber bilden denn auch eine grosse partie des ersten teils.
Eine etwas eingehendere betrachtung ist hier wohl nicht ohne
kulturhistorisches interesse, zumal sich das englische räuberwesen von dem spanischen in manchen punkten unterscheidet.
In den romanen der Spanier begegnen uns die räuber nur
in grösseren banden, die unter dem despotischen kommando
eines erfahrenen anführers in versteckten schlupfwinkeln hausen,
zu ungewöhnlichen zeiten von dort hervorbrechen und vereint
an abgelegenen orten über ihre opfer herfallen. Fast immer
fliesst blut oder der beraubte wird als pfand mitgeschleppt.
Anders die englischen wegelagerer. Sie wählen ihren aufenthalt in den gasthäusern an der offenen landstrasse. Hier
suchen sie ihre opfer aus und hierher kehren sie nach voll-
brachter that zurück, um in wilden orgien den ertrag ihrer
beute zu verprassen. Ihr helfershelfer ist meistens der wirt;
er unterrichtet sie über die vermögensverhältnisse und reise-
pläne seiner gäste, trifft alle nötigen vorkehrungen und zieht
lachend nachher den riesenanteil am gewinnst ein. Die kleidung der räuber unterscheidet sich in nichts von der ehrbarer
kaufleute oder gar vornehmer gentlemen. Alles verdächtige
im aussehen und auftreten wird vermieden. Deshalb fallen
sie auch oft nicht erst plötzlich aus dem hinterhalte über die
reisenden her, sondern bieten sich ihnen sogar als begleiter
und beistand gegen wegelagerer unterwegs an, um sich im
günstigen augenblick auf die sicher gemachten opfer zu stürzen.
Selten ist der zusammenstoss blutig, da die räuber meistens
feige sind. Im gegenteile sind in unserem romane die fälle
nicht selten, wo beherzte reisende den angreifer in die flucht
schlagen oder gar den überfall mit seinem leben bezahlen
lassen. Unter solchen verhältnissen ist es auch erklärlich,
dass die banden keinen grösseren umfang annehmen und kaum
mehr wie vier bis sechs mitglieder zählen. Latroon zieht
sogar meistens allein auf den „pad“. Der schlimmste feind
des „High-way-man“ ist der „Hue and Cry“, das landaufgebot
des sherifs, das der überfallene reisende in dem nächsten ort
allarmiert. Wehe dem attentäter, der auf der flucht gefasst
oder in seinem schlupfwinkel aufgehoben wird! Fast immer
ist der tod am galgen sein sicheres ende;[1]) nur selten gelingt

---

[1]) Das ende eines gefangenen räubers erzählt: „Jackson's Recantation,

es ihm daran vorbeizukommen. Doch weist der „Englische Schelm" auch . dafür einige mit ziemlichen humor erzählten beispiele auf: so kommt ein bereits ergriffener wegelagerer auf die verwendung eines einflussreichen gönners hin frei, ein anderer wird auf die begründung hin, seine spiessgesellen herbeibringen zu wollen, losgelassen und natürlich nie wieder gesehen. Aber nur wenige sind so glücklich; die meisten enden früher oder später am galgen. Aber trotzdem nahm das räuberwesen nicht ab; alle bemühungen und vorkehrungen der behörden und der bevölkerung vermochten es im Laufe des 17. jahrhunderts noch wenig einzudämmen. Immer neue jünger fand das ungebundene und einträgliche handwerk. Mag Head auch noch so übertrieben und den schrecken der landstrasse allzu schwarz gemalt haben, das ergiebt sich jedenfalls zur genüge aus seinem roman, dass das wegelagerertum für den damaligen verkehr eine unendliche plage gewesen sein muss.

Nächst dem räuberwesen bot das treiben der diebe und gauner anlass zu einer reihe höchst interessanter schilderungen, die besonders die Londoner verhältnisse eingehend berücksichtigen und vielfach noch auf heutige zustände durchaus zutreffen. Schon damals muss die hauptstadt Englands der allgemeine wirkungs- und sammelplatz für tausende dunkler, arbeitsscheuer existenzen gewesen sein. Mehr wie anderswo war einem unehrlichen gewerbe im trubel der grossstadt thür und thor geöffnet, und das verschlungene häusergewirr des schon damals ziemlich umfangreichen London bot mit seinen gassen und höfen, seinen versteckten gewölben und düsteren spelunken dem verbrecher sichere schlupfwinkel. Ganze strassenviertel bildeten damals wie heute brutstätten des lasters und verbrechens. Dazu musste sich bei den mangelhaften sicherheitsvorrichtungen und der geringen ausbildung des polizeiwesens in jener zeit das unwesen der gewerbsmässigen diebe und schwindler ganz anders breit machen wie heute. Die unsicherheit der strassen, besonders bei nacht, war beängstigend, und selbst am helllichten tage war offener ladenraub nichts seltenes. Besonders die verkaufsstände auf

---

or the Life and Death of the notorious Highway-man, who hanging in chains at Hampstead etc." London. 1674, 4to. Abgedr. in Old Book Collector. Ed. by Hindley. London 1873. Col. IV. No. 7.

öffentlichen plätzen waren das ziel verbrecherischer attentate; durch alle möglichen tricks, besonders durch das schleudern von feuerwerkskörpern, wurden die händler in verwirrung gebracht und der allgemeine tumult zum raschen zugreifen benutzt. Mit einer bodenlosen frechheit werden nächtliche einbrüche ausgeführt. Brutale gewalt giebt dabei weniger den ausschlag als verwegene verschlagenheit. Selten wird der verbrecher gefasst. Häufig entläuft er noch auf dem transport zum arrest oder findet im gefängnis mittel und wege zu entkommen. Auch hier kann ich mich nicht darauf einlassen, eine ins einzelne gehende darstellung des damaligen gaunerwesens, das in allen seinen abarten im „English Rogue" vertreten ist, zu geben. Es genüge auch hier der allgemeine hinweis, dass die gewohnheiten und praktiken der verbrecher im wesentlichen dieselben waren wie die ihrer heutigen kollegen.

Unsere bisherige untersuchung des romans hat zu zeigen versucht, wie die manier des spanischen schelmenromans, auf englische verhältnisse angewandt, ein satyrisches zeitbild von hervorragendem kulturhistorischen interesse geliefert hat. Aber damit ist die tendenz des „Englischen Schelmen" keineswegs erschöpft. Schon das dem werke beigegebene bildnis des verfassers weist darauf hin. Es stellt Richard Head dar, in der einen hand einen globus haltend, in der anderen eine feder, die auf ein aufgeschlagenes buch, wohl das vorliegende werk, deutet, während ihm ein satyr einen lorbeerkranz aufs haupt setzt. Darunter stehen folgende verse:

> „The Globe's thy Studye; for thy boundless mind
> On a less limit cannot be confind." etc.

Dem entsprechend verlässt Head auch am schluss des ersten teils den rahmen des gewöhnlichen gaunerromans und geht mit der darstellung überseeischer länder und abenteuer zu einer neuen gattung, dem see- und reiseroman, über.

Bei der starken veränderung, die dem schelmenroman naturgemäss war, lag eine derartige entwicklung auch nur zu nahe. Bereits die Spanier hatten den lokalen hintergrund ihrer romane nicht auf ihr heimatland beschränkt. Schon Guzman sieht auf seinen irrfahrten Italien, und Vincente Espinel benützt in seinem „Marcos de Obregon" das altbeliebte motiv einer stürmischen seefahrt geschickt für die zwecke des real-

romans, indem er seinen helden bei den Balearen stranden
und in die hände algerischer seeräuber fallen lässt. Derselbe
roman eröffnet auch zuerst die perspektive auf fernliegende,
überseeische länder mit dem berichte des dr. Sagredo über seine
abenteuerliche fahrt nach der Magellanes-strasse.

Aber das waren doch erst primitive ansätze. Indes war
bei der alteingewurzelten vorliebe des britischen volkes für
das seeleben und die erforschung fremder länder zu erwarten,
dass sich diese keime im englischen roman fruchtbar entwickeln würden. Englands handel und überseeische schiff-
fahrt nahmen im laufe des 17. jahrhunderts einen riesigen
aufschwung. Während die spanischen entdecker in Amerika
mit der grausamkeit barbarischer eroberer schalteten und der
koloniale reichtum nur einigen wenigen grossen zu gute kam,
nahmen Englands beziehungen zu seinen auswärtigen kolonieen
mehr einen handelspolitischen charakter an und förderten und
interessierten die grosse masse des von einem regen kauf-
mannsgeiste erfüllten volkes. Man hörte nicht nur weitge-
reiste seeleute von menschen und tieren wunderbarer südlicher
länder fabeln, man sah auch alle tage selbst, wie hochgetakelte
kauffahrer, mit den schätzen Indiens beladen, in den heimischen
gewässern landeten, wie die reichtümer fremder erdteile in die
magazine der Londoner kaufleute wanderten, um von hieraus
nach allen richtungen weiter versandt zu werden. Ueberall
spürte man in handel und gewerbe den fördernden einfluss des
überseeischen handels. Spekulativer kaufmannsgeist verband
sich mit verwegener abenteuerlust, und wohl mancher, der in
den heimatlichen verhältnissen schiffbruch gelitten hatte, ist
damals so gut wie heute hinausgezogen auf die suche nach
abenteuern und reichtum. Es lag nahe, dass ein englischer
schriftsteller, der auf dem hintergrunde seiner zeit verwegenes
abenteurerleben zu zeichnen gedachte, dies motiv ergriff und
seinen helden eine fahrt in überseeische länder unternehmen
liess. Flugschriften und auch umfangreichere werke, die über
neuentdeckte gebiete und erlebnisreiche seereisen zu berichten
wussten, existierten ja schon länger in England,[1] neu war

---

[1] Erinnert sei hier besonders an Rich. Hakluyts „Principal Naviga-
tions, Voyages, Traffiques and Discoveries of the English Nation". 3 vols.
1598—1601. new. ed. 5 vols. 1809—12.
Head selbst verfasste einige derartige werke: The Floating Island,

nur die verwendung derartiger berichte für die zwecke des
romans. Interessant ist dabei und wohl bezeichnend für so
viele damalige auswanderer, wie sich im wesen Latroons der
wissbegierige sinn für die wunderwelt der fremde, die freude
an verwegenen abenteuern und der alte, gaunerische handels-
geist mischen. Szenen, die uns in breiter darstellung land und
leute vor augen führen, wechseln ab mit frechen schwindel-
streichen gegen die indischen kaufleute, die Banianen, die ihn
und seine gefährten in die grösste gefahr bringen. Dazwischen
spielen aufregende abenteuerepisoden, die ihn bald die gefähr-
liche besteigung eines feuerspeienden berges bestehen, bald
wieder den händen blutgieriger kannibalen oder im siegreichen
kampf den angriffen beutelustiger korsaren entrinnen lassen.
Dabei ist alles märchenhafte und wunderbare, das im „Marcos
de Obregon" dem berichte des dr. Sagredo über seine fahrt
nach Südamerika noch anhaftet, vollständig abgestreift. Auch
die exotischen abenteuer des helden tragen im grossen und
ganzen den natürlichen charakter des selbsterlebten und
müssen nach wahrheitsgetreuen reiseberichten abgefasst sein.
In einigen partien tritt das sogar allzu deutlich hervor; so
ist die fahrt von Bantum nach Surrate mit allen nautischen
einzelheiten derartig genau geschildert, dass man direkte benutzung von eintragungen in das schiffsbuch annehmen muss.
Nachdem der orient jahrhunderte lang in der romanlitteratur
eine märchenhafte, phantastische rolle gespielt hatte, findet
hier wohl zum ersten male Indiens fremde welt auf grund
authentischer darstellungen aufnahme im rahmen eines realistischen zeitromans. Man darf behaupten, dass die in fremden
ländern spielenden partien des „Englisch Rogue" eins der
ersten glieder in jener reihe bilden, die über die wenig später
erschienene „Isle of Pines" und die romane Defoe's hinüber-
leitet zu der reichen litteratur überseeischer abenteuerromane
der späteren zeit.

or a New discovery, relating the strange Adventure on a late Voyage from
Lambethana to Villa Franca, alias Ramallia, to the eastward of Terra de
Templo by Francis Careless one of the Discoverers. Lond. 1673, 4to.
Ferner: Western Wonder or a Brazil, an Inchanted Island discovered, with
a description of a place called Montecapernia. London. 1674, 4to.

Aber bereits 70 jahre vor dem „English Rogue" war ein
anderer englischer schelmenroman erschienen, der zwar von
abenteuerlichen erlebnissen in überseeischen ländern südlicher
zonen nichts zu erzählen weiss, aber viel entschiedener in die
bahnen des reiseromans einlenkt als jener. Es ist dies „The
Unfortunate Traveller, or, the Life of Jack Wilton" von
Thomas Nash. Auch dieses werk lässt anregung und einwirkung spanischer vorbilder nicht verkennen, zeigt aber zu-
gleich, welch künstlerischer ausbildung der schelmenroman
unter den händen eines wirklichen dichters fähig war. Dank
dem ästhetischen feingefühl und der sicheren gestaltungskraft
seines verfassers ein meisterwerk von entzückender grazie,
kann der roman jeden vergleich mit der pikaresken litteratur
der Spanier ruhig aushalten, von der sich höchstens „Marcos
de Obregon" ihm als ebenbürtig zur seite stellen kann, und,
indem er die typische manier des reiseromans mit der darstellung historischer begebenheiten vereinigt, stellt er in ganz
anderer weise den übergang zu der romanschriftstellerei Defoe's her als der „Englische Schelm". Diese gründe haben
mich auch veranlasst, von der chronologischen reihenfolge ab-
zusehen und erst an zweiter stelle den „Unfortunate Traveller"
zu behandeln.

Der dichter gehört zu jener gruppe reich talentierter
junger dramatiker, die wie Marlowe, Greene, Peele als die
hervorragendsten unmittelbaren vorgänger Shakespeares gelten,
aber fast alle an den folgen eines regellosen, ausschweifenden
jugendlebens, das auch auf ihr dichterisches schaffen nicht
ohne einfluss geblieben ist, früh verstarben. Auch Nash ver-
suchte sich auf dramatischem gebiete, bekannter ist seine
satyrische thätigkeit und die rolle, die er als pamphletist in
dem berühmten Marprelatestreit spielte. Auf lebensverhältnisse
und werke näher einzugehen, ist wohl unnötig an dieser stelle,
da allgemeine litteraturgeschichten und encyklopädien hierüber
genügend informieren. [1])

Der verfasser erklärt in der einleitung zu seinem roman,
er habe einen ganz neuen pfad seiner schriftstellerei beschritten

---

[1]) Eine eingehende darstellung „On The Life And Writing Of Thomas
Nash" leitet die 1892 im verlage der Chiswick Press erschienene neuauflage
des „Unfortunate Traveller" aus der feder von Edmund Gosse ein.

und wisse nicht, ob er damit einen guten oder schlechten griff
gethan habe. Er empfiehlt sein werk dem geneigten wohlwollen des Lords Henrie Wriothesly, Earl of South-Hampton,
and Baron of Tichfield, demselben, dem bekanntlich Shakespeare „Venus und Adonis" und „Lukretia" widmete. Der
roman, der bereits zum 7. September 1593 in das Stationers
Register eingetragen ist, erschien 1594 bei C. Burby.[1]

Der held des romans ist page und gehört zum hofe und
zum heere Heinrich VIII., das in Flandern bei Tournay gegen
die Franzosen im felde steht. Das ungebundene treiben und
bunte durcheinander des lagerlebens weiss der jugendliche
schelm, der sich überall herumtreibt und mit pfiffigen spür-
sinn geeignete opfer für seine übermütigen, auf schaden-
frohen spott und nutzbaren vorteil gleich bedachten streiche
ausfindig macht, packend zu schildern. Bald setzt er einem
reichen, aber geizigen wirte durch eindringliche vorstellungen
einer grossen, ihm bevorstehenden gefahr derartig zu, dass
dieser in seiner herzensangst sich zur verteilung seiner gesamten vorräte unter die soldaten verleiten lässt, bald wieder
veranlasst er eine schar windbeuteliger und geckenhaft aus-
staffierter schreiber durch falschen alarm zur flucht, um dann
schleunigst mit seinen genossen über ihre zurückgelassenen
geräte und wohlgefüllten pulte herzufallen. Noch schlimmer
spielt er einem kapitän mit, der ihm ewig auf der tasche
liegt und bei jeder gelegenheit das beste wegschnappt. Um
ihn los zu werden, setzt er ihm auseinander, welchen ruhm
und verdienst ihm ein spionierbesuch im feindlichen lager
einbringen würde. Der ehrgeizige tropf geht auch wirklich
darauf ein, kehrt aber nach wenigen tagen, entlarvt und von
den Franzosen mit schimpf und spott heimgeschickt, zurück
und findet überdies seine frühere stelle besetzt.

Aus dem lager von Turnay geht der held auf einige zeit
nach England und wendet sich dann nach Frankreich. Er
kommt gerade recht, um in den reihen des siegreichen fran-

---

[1]) Die titelseite lautet vollständig: The | Unfortunate | Traveller. |
Or, | The Life of Jacke Wilton. | Qui audiunt audita dicunt. | Tho. Nashe. ||
Es folgt ein viereckiges wappen des verlegers mit einem adler in der mitte;
darüber die aufschrift „Semper eadem" und darunter die initialen C. B. ||
London | Printed by T. Scarlet for C. Burby, & are to be sold at his | shop
adioyning to the Exchange | 1594. |

zösischen heeres an der blutigen schlacht von Marignano teil
zu nehmen. Aus französischen diensten tritt er in kaiserliche
und macht die belagerung von Münster mit, das Johann von
Leyden gegen den kaiser und den herzog von Sachsen ver-
teidigte. Mit köstlichem humor beschreibt er den auszug des
königlichen schneiders und seiner biederen handwerksgenossen
zu der entscheidungsschlacht, die der wiedertäuferischen bewegung ein mörderisches und grausames ende bereitete.

Nach der erstürmung von Münster wendet er sich abermals nach England zurück, kehrt aber sofort wieder um, um
seinen früheren gebieter Lord Henry Howard, Earl of Surrey,
den begeisterten bewunderer und feinsinnigen nachahmer der
italienischen renaissancedichtung, auf einer reise nach Italien
zu begleiten. Derselbe erzählt ihm, wie er zu Hampton Court
das schöne hoffräulein Geraldine der königin Katherina kennen
gelernt und sie, von ihrem himmlischen liebreiz bezwungen, zur
unbeschränkten gebieterin über sein thun und lassen gemacht
habe. Aber eines tages habe ihn die dichtkunst, seine zweite
herrin, bestimmt, England für einige zeit zu verlassen und
Italien, die „Heimat der Musen", zu besuchen. Schweren
herzens habe ihm Geraldine urlaub erteilt, aber mit der ein-
dringlichen aufforderung ihr treu zu bleiben und in Florenz,
ihrer heimatstadt, für ihre schönheit gegen alle angreifer in
die schranken zu treten. Die erste station machen die beiden
reisenden in Rotterdam und führen hier mit Erasmus und
Thomas Morus angeregte wissenschaftliche gespräche. Während sich der eine mit plänen zu seinem satyrischen „En-
comium Moriae" herumträgt, lassen in dem kopfe des anderen
betrachtungen über die ungleiche verteilung der wirtschaft-
lichen güter den entschluss reifen, das muster eines ideal-
staates in seiner „Utopia" aufzustellen. Auf ihrer weiterreise
durch Deutschland wohnen sie in Wittenberg einer disputation
zwischen Luther und Karlstadt und einer studentischen auf-
führung des „Verlorenen Sohnes" bei, die den lebhaften spott
des an höhere schauspielerische leistungen gewöhnten Eng-
länders herausfordert. In Wittenberg lernen sie auch Cornelius Agrippa kennen, der im rufe steht, der grösste geister-
beschwörer und nekromant seiner zeit zu sein. Gemeinsam
mit ihm reisen sie nach Wien. Um auch ihnen eine probe
seiner kunst zu geben, zeigt ihnen der berühmte mann auf

den besonderen wunsch des grafen in einem spiegel Geraldine, wie sie, thränen der sehnsucht um den fernen geliebten vergiessend, auf ihrem lager ruht. Vom kaiserlichen hofe geht die fahrt geraden weges nach Venedig. Hier drängt sich alsbald ein gewisser Petro de Campo, ein internationaler hochstapler abgefeimtester art, an sie heran, der in einem halben dutzend sprachen bewandert ist und die ankömmlinge gleich im zierlichsten Englisch begrüsst. Dieser vermittelt auch ihre bekanntschaft mit der halbweltdame Tabitha, die den reisenden bald teuer zu stehen gekommen wäre. Der hinterlistige anschlag auf ihr leben und geld wird zwar vereitelt. Die attentäter sehen sich sogar noch zur zahlung eines schweigegeldes genötigt. Aber unter dieser summe ist gefälschtes geld; das bringt die beiden in bösen verdacht und führt zu ihrer festnahme. Im gefängnis bekommen sie anmutige und willkommene gesellschaft in der schönen Diamanthe Castaldos, auf der der unbegründete verdacht der ehelichen untreue lastet. Die beiden Engländer sind sofort feuer und flamme für die liebreizende leidensgefährtin. Aber während der Lord sie platonisch in überschwänglichen gedichten anschwärmt, trägt der praktische page ihrer rachsüchtigen stimmung rechnung und gewinnt so ihr herz. Nach mehrwöchentlicher haft kommen sie endlich frei auf verwendung des englischen gesandten beim untersuchungsrichter Arretius, dessen persönlichkeit und satyrischer schriftstellerei enthusiastisches lob zu teil wird. Auch für seine geliebte, deren mann inzwischen Venedig verlassen hat, weiss Jack Wilton freilassung zu erwirken, und gemeinsam mit ihr geht er heimlich, ohne abschied zu nehmen, seinem herrn auf und davon. Als graf von Surrey durchzieht er die oberitalischen städte. Das geld seiner begleiterin giebt ihm mittel in hülle und fülle, seinem angeblichen namen und range gemäss aufzutreten. Erst in Florenz holt der wirkliche graf, der inzwischen zu seiner grössten verwunderung überall von dem neuen namensvetter gehört hatte, das pärchen ein, während es gerade im zärtlichsten tête-à-tête bei der tafel sitzt. Mehr belustigt als erzürnt, sieht er grossmütig von einer bestrafung ab und geht auf den tollen streich seines pagen als einen wohlgelungenen scherz ein. Gleich nach seiner ankunft besucht dann Howard auch das geburtshaus seiner geliebten und

lässt sich durch den anblick der gemächer, da sie geboren und
aufgewachsen ist, zu ausbrüchen höchsten entzückens, denen
er auch lyrischen ausdruck verleiht, hinreissen. In farben-
prächtigen schilderungen werden dann die zurüstungen und
der verlauf des turniers beschrieben, in welchem er für ihre
schönheit in die schranken tritt. Jack's ritterlicher herr ist
natürlich der sieger des tages und darf so Geraldine als die
schönste aller frauen ausrufen. Aber während er sich noch
feiernd und banquettierend in Florenz aufhält, kommen nach-
richten aus England, die ihn eilends heim rufen.

Jack Wilton nimmt von seinem herrn abschied und zieht
mit seiner geliebten allein weiter nach Rom. Er kommt hier
mitten im sommer an, zu einer zeit, da die pest ganz Rom in
ein grosses spital verwandelt hat. Bei der zerrüttung aller
geordneten verhältnisse ist dem verbrechen thür und thor geöffnet. Er selbst ist zeuge einer grausigen begebenheit, die
in ihren folgen auch ihn in mitleidenschaft zieht. Ein spanischer bandit, namens Esdras de Granada, der mit einem
italienischen genossen schon hunderte von greuelthaten be-
gangen hat, wählt eines nachts zum schauplatz seiner frevel
das haus des Johannes de Immola, wo er selbst mit seiner
courtisane wohnt. Die letztere wird ihm von dem Italiener
entrissen, und er selbst in seinem zimmer wehrlos eingeschlossen.
Die erschütterndste szene aber spielt sich zwischen dem Spanier, einem teufel in menschengestalt, und der ehrwürdigen
matrone des hauses ab, die innerhalb der letzten zwei wochen
ihre vierzehn kinder verloren hat und an der leiche ihres
mannes klagend totenwacht hält. Brutal verlangt er von der
heimgesuchten frau befriedigung seiner tierischen gelüste. Vergebens bleibt ihr wimmerndes flehen, er kennt kein erbarmen.
Er schleift, tritt, misshandelt sie auf jede weise, aber sie
widerstrebt. Da bindet der wüterich ihr die hände und büsst
über dem leichnam des mannes seine unmenschliche lust an
dem armen opfer, das seine schande nicht überleben mag und
sich selbst den tod giebt. Für Jack hätte die sache bald
einen bösen ausgang genommen; man hält ihn für den schul-
digen, schon ist der galgen für ihn bereit, da zerstreut ein
zufällig hinzukommender englischer lord jeden verdacht durch
seine aussage. Er befand sich einige tage vorher in einem
barbierladen, als blutüberströmt der italienische helfershelfer

hereingestürzt kam und das ganze verbrechen gestand. Die
verwundung hatte ihm der Spanier beigebracht, mit dem er
wegen der geraubten courtisane in streit geraten war. Jack's
retter ist ein verbannter englischer adeliger, der schon lange
jahre unter not und entbehrung in der fremde weilt und die
unsinnige reisewut seiner landsleute, die von den ausländern
nur schlechtes annehmen, nicht genug tadeln kann. Aber seine
vorstellungen finden bei dem helden wenig gehör, der sich
alsbald auf die suche nach seiner geliebten begiebt. Dabei
wird er von einem heftigen platzregen überrascht, der ihn
zwingt, unter dem vordach eines dem juden Zadoch gehörigen
hauses zuflucht zu suchen. Unglücklicher weise stürzt er
durch die nur angelehnte kellerthür in das gewölbe. Kaum
hat er sich von seinem sturze erholt, da entdeckt er ganz in
der nähe seine angebetete in der zärtlichsten unterhaltung
mit einem ladengehilfen des juden. Schon will er wutent-
brannt über sie herfallen, da kommt der jude, durch das laute
geräusch seines falles aufmerksam gemacht, die treppe herunter-
gestürzt und hält natürlich ihn und das weib des einbruchs,
alle drei des beabsichtigten raubes für schuldig. Nach rö-
mischen recht kann er ihn nun entweder hängen lassen oder
als leibeigenen betrachten. Gewinnsüchtig, wie er ist, verfällt
er auf das letztere und verkauft ihn für 500 dukaten an einen
jüdischen arzt Zacharias, der den wohlgebauten jüngling als
herrliches objekt für seine anatomischen zwecke zu benutzen
gedenkt. Schreckliche vorstellungen martern das gehirn des
armen, in eine dunkle kammer eingesperrten Jack Wilton.
Doch schon arbeitet man an seiner rettung. Bei dem transport
zum dr. Zacharias hat er die augen einer einflussreichen päpst-
lichen maitresse, der gräfin Juliana von Mantua, auf sich ge-
lenkt. Nach vergeblichen bemühungen, ihn loszukaufen, gelingt
es ihr, den papst gegen die Juden Roms aufzuhetzen und sich
selbst bei der konfiskation, die über deren güter verhängt wird,
das vermögen des dr. Zacharias zu sichern. So bekommt sie
Jack in ihre hände und schliesst in einem besonderen zimmer
dies widerwillige opfer ihrer geilen lüste ein. Zufällig trifft
er im hause der gräfin mit seiner geliebten wieder zusammen.
Anfangs von dem Juden festgehalten und entsetzlich misshandelt, wird sie beim ausbruch der Judenverfolgung in das
haus der gräfin Juliana gesandt mit dem heimlichen auftrage,

diese durch gift zu beseitigen. Aber sie verrät die verbrecherischen pläne, und Zadoch wird auf die grausamste weise
vom leben zum tode gebracht. Diamanthe gewinnt indes das
volle vertrauen der gräfin und wird Jack's spezieller kerker-
meister. Der St. Peterstag, der in Rom unter den pomp-
haftesten ceremonien gefeiert wird, bringt beiden die freiheit.
Während ihre herrin im fürstlichen ornate an dem prunk-
mahle teil nimmt, das der spanische gesandte zu ehren des
tages giebt, benutzen sie die gelegenheit und entfliehen unter
mitnahme kostbarer wertsachen. Die gräfin rast vor wut, als
sie bei der heimkehr die flucht entdeckt; einer ohnmacht nahe,
schickt sie eine dienerin ab nach einem stärkenden mittel.
Diese vergreift sich und flösst ihrer ohnmächtigen gebieterin
gift ein.

Inzwischen entkommen die flüchtlinge ungehindert nach
Bologna und werden hier zufällig zeuge eines grausigen schau-
spiels. Vom rad aus setzt ein mörder, namens Cutwolfe, dem
volke in längerer rede die gründe und den verlauf seines
verbrechens auseinander. Seines zeichens schuster in Verona,
hört er vor etwa zwei jahren eines tages, dass sein bruder
Bartoll von seinem spiessgesellen Esdras de Granada einer
dirne wegen erschlagen worden ist. Er verlässt sein handwerk, verkauft sein gerät und verfolgt zwanzig monate lang
den mörder kreuz und quer durch Italien. In Bologna endlich
fasst er ihn, früh morgens dringt er in seine kammer und
kündet dem wehrlosen sein letztes stündlein an. In fürchter-
licher seelenangst um sein ewiges heil fleht der in tausend
verbrechen alt gewordene sünder um sein leben; jede strafe,
jede verstümmelung ist ihm lieber als der tod in diesem augen-
blicke. Aber Bartoll bleibt dem verzweifelten flehen gegenüber
unerschütterlich, ja, um seine rache voll zu machen, lässt er
ihn auf der schwelle zum jenseits noch die grössten läster-
reden gegen gott und das heiligste des christenglaubens aus-
stossen. In teuflischem trotze rühmt er sich noch vom richt-
platze aus seiner grausigen that als einer echt italienischen.
Da aber bricht das volk in wildes geschrei aus und fordert
seine hinrichtung, die dann auch nach damaliger manier in
der entsetzlichsten weise vollzogen wird.

Dies erlebnis erschüttert den helden so, dass er von mo-

ralischen anwandlungen heimgesucht, noch in Bologna seine
geliebte heiratet und alsbald mit ihr das „Sodom of Italy"
verlässt. Zwischen Ardes und Guines in Frankreich trifft er
auf das lager des englischen königs.

Damit schliesst der roman und bricht so etwas plötzlich,
aber doch keineswegs unvermittelt ab. Nichts hindert uns,
mit dem befriedigenden gefühle von dem helden abschied zu
nehmen, dass seine jugendliche sturm- und drangperiode nunmehr abgeschlossen ist. Innerlich gefestigt und an ernsten
lebenserfahrungen reicher, kehrt er zu seinen landsleuten
zurück. Wir dürfen uns vorstellen, wie der aufgeweckte page
in königlichem dienste langsam von stufe zu stufe steigt und
in einem friedlichen familienleben glück und zufriedenheit
findet. Auch seine späteren lebenstage mögen ja nicht ganz
ohne abwechslung und aufregung hingehen, aber der dichter
kommt auf diese spätere zeit ebensowenig zu sprechen, wie
er ein zurückgreifen auf die eltern und das vorleben Jack
Wiltons glücklich vermieden hat. Es lag ihm ferne, nach
art der gewöhnlichen schelmenromane den lebenslauf eines
gewöhnlichen abenteurers von der geburt an auf seinen viel-
verschlungenen irrwegen und in seinen einzelnen phasen zu
verfolgen. Er macht uns mit dem helden bekannt, da er in
seinem besten jünglingsalter steht und ihn jugendlicher wan-
dertrieb und günstige lebensumstände in die fremde weisen.
Die gesamten erlebnisse und abenteuer spielen sich in der
verhältnismässig kurzen zeitspanne ab, die zwischen dem
aufenthalt im lager von Tournay und der rückkehr zum
königlichen hoflager bei Ardes und Guines liegt. Dabei entwickelt sich die handlung äusserst lebhaft und entschieden
fortschreitend. Nash liebt starke ortsveränderung, und schon
das verleiht dem gange der handlung ein beschleunigtes tempo,
das nur gegen ende nachlässt. Leicht und sicher gleitet die
darstellung von situation zu situation, geschickte übergänge
knüpfen überall an das vorhergehende an, sodass von einem
zusammenhanglosen nebeneinander hier keine rede sein kann.
Ungehörige abschweifungen und breitangelegte nebenepisoden
begegnen so gut wie gar nicht. Hier und da sind persönliche
reflexionen des verfassers eingestreut, die aber frei von jedem
lehrhaften charakter und mit glücklichem geschick in das

gewebe der darstellung verflochten sind. So bietet die aus-
rottung der wiedertäuferischen bewegung zu Münster dem
hitzigen vorkämpfer im Marprelate-streit und verteidiger der
orthodoxen hochkirche willkommene gelegenheit, seinem herzen
in einer donnernden philippika gegen das protestantische
sektenwesen luft zu machen, und die einführung Howard's
benutzt er zu einer begeisterten lobpreisung der dichtkunst.
Aber über diesen gelegentlichen abschweifungen hat er nie
die persönlichen lebensumstände seines helden aus dem auge
verloren. Nicht immer steht dieser im mittelpunkte der handlung, und von der lebhaften aktivität, die er im anfange des
romans entfaltet, verliert er im weiteren verlaufe mehr und
mehr. Aber auch da, wo er nur den passiven zuschauer spielt,
kommt in kritischen bemerkungen oder folgenschweren ent-
schlüssen für sein späteres leben seine innere anteilnahme
doch zur geltung. Ich erinnere in dieser beziehung nur an
das absprechende urteil über die studentenaufführung des
„Verlorenen Sohnes" in Wittenberg und an die innere um-
kehr, die mit der hinrichtung des Cutwolfe zusammen hängt.
So ist zwar eine feste konzentration, die wir von einem modernen roman beanspruchen würden, noch nicht erreicht, aber
dadurch, dass in dem bunten wechsel von situationen nirgends
das verhältnis zur hauptperson ausser acht gelassen ist, ist
eine gewisse einheit doch gewahrt.

Mit weiser und zielbewusster mässigung ist in der auswahl und einordnung der erlebnisse und schilderungen verfahren, was den leser gegenüber dem wahllosen vielerlei des
„English Rogue" angenehm berührt. Das ist um so aner-
kennenswerter, als Nash die beziehungen seines helden zur
umgebenden aussenwelt unendlich reicher und vielseitiger
gestaltet hat als Head, der sich, bis auf die letzten partien,
ganz auf die darstellung sozialer missstände in den niederen
englischen volksschichten beschränkt hat. Der verfasser des
„Unfortunate Traveller" wählte das Europa in der ersten
hälfte des 16. jahrhunderts zum allgemeinen hintergrunde
seiner darstellung, und meisterlich hat er die grossen poli-
tischen und geistigen bewegungen dieser zeit in ihren be-
zeichnendsten momenten und hervorragendsten vertretern zu
schildern gewusst. Wie glücklich ist die entscheidungsschlacht

von Marignano gewählt, um den leser in die grossen krie-
gerischen verwicklungen, die sich zwischen Franz I. und
Karl V. wie ihren beiderseitigen bundesgenossen abspielten,
einzuweihen, und wie interessante einblicke giebt das bewegte
lagerleben der Engländer bei Tournay in die kriegsführung
und heereszustände der damaligen zeit! Daneben bleiben die
grossen geistigen kämpfe nicht unberücksichtigt, die auf den
gebieten der religion und wissenschaft damals ausgefochten
wurden. In Münster erlebt er das klägliche ende der wieder-
täufer und in Wittenberg, dem brennpunkt der reformato-
rischen bewegung, wohnt er einer disputation zwischen Luther
und Karlstadt bei. Der humanismus ist durch zwei seiner
hervorragendsten gestalten, Thomas Morus und Erasmus, vertreten, während der aberglaube des 16. jahrhunderts in der
person des Cornelius Agricola zum ausdruck gelangt. Ueberall
genügen ihm einige mit lebendiger anschaulichkeit hinge-
worfene momentbilder, um dem leser einen historischen vor-
gang, ja eine ganze bewegung deutlich vor augen zu führen.
Er arbeitet nie ins detail, wo es sich um grosse, allgemeine
gegenstände handelt, und mit marquanten, kräftigen strichen
verleiht er seiner darstellung die sichere charakteristik und
weite perspektive. Nirgends macht sich ein lehrhafter ton
bemerkbar, und derartig ausgesponnene schilderungen, zu denen
im „English Rogue“ der aufenthalt des helden in Indien anlass gegeben hat, sind glücklich vermieden. Als er Jack Wilton
nach Rom kommen lässt, bot sich ihm die beste gelegenheit,
den klassischen erinnerungen und historischen denkwürdig-
keiten ein grösseres kapitel zu weihen. Kurz geht indes seine
darstellung darüber hinweg und wendet sich dem lebendigen
treiben der gegenwart zu. Auch aus diesem hebt er nur
einige eigentümliche züge der bevölkerung wie die schwarze
kleidung und kurze haartracht der vornehmen und einiges
andere hervor, um dann von den grausigen zuständen während
der pestzeit ein düsteres bild zu entwerfen. Wie hier richtet
sich auch sonst die länge und auswahl der schilderungen und
erlebnisse durchaus nach dem interesse, dass ein page von
der aufgeweckten art des Jack Wilton den vorgängen und
verhältnissen seiner zeit entgegen bringen kann. Manches ist
nur angedeutet, über anderes wird mit wenigen, charakte-

ristischen sätzen hinweg gegangen, und nur solchen ereignissen,
die in das persönliche schicksal des helden tiefer eingreifen
oder seinen charakter näher beleuchten, wird eine eingehendere darstellung zu teil.

Aber wo einmal ästhetische rücksichten den dichter länger
bei einem erlebnisse verweilen lassen, verdankt Nash, der
romancier, seine besten wirkungen Nash, dem dramatiker.
Gerne setzt er den leser mit einigen kurzen charakterisierenden
andeutungen mitten in die handlung hinein, die sich dann
mit dramatischer lebhaftigkeit entwickelt und von anfang bis
zu ende unser interesse fesselt. Niemals versagt seine dar-
stellungskraft. So sicher wie er in den burlesken schelmen-
stücken die komische pointe zu treffen weiss, ist er da, wo
sich die darstellung zu tragischer höhe erhebt, seiner wirkung
sicher. Spielend beherrscht er die kunstmittel der steigerung,
spannung, überraschung. Der dialog entzückt durch seinen
leichten fluss und hebt durch die feinheit seiner indirekten
charakteristik die einzelnen momente plastisch hervor. Der
„Unfortunate Traveller" zeichnet sich durch momentbilder
von unverlierbarer frische und wirkungsvoller farbenpracht
aus, die lebhaft an die realistische genremalerei des 17. jahrhunderts erinnern. Gleich die erste episode des romans, die
sich mit dem hinterlistigen anschlag Jack Wiltons auf die
vorräte des geizigen wirtes beschäftigt, wäre der illustrie-
renden darstellung durch die meisterhand eines Murillo würdig
gewesen. Wie wunderbar wirkt der kontrast zwischen dem
quecksilbrigen, zungenfertigen schelmen und dem ungeschlach-
teten, protzenhaften, schwachköpfigen wirte, wie lebhaft kommt
die listige verstellungskunst und boshafte schadenfreude des
peinigers und andrerseits die verhaltene wut und fürchter-
liche herzensangst seines opfers zum ausdruck! Diese anschaulichkeit seiner situationsbilder verdankt Nash vor allem
seinem geschärften beobachtungssinn. In einem masse, wie
wohl kaum ein dichter vor ihm, besitzt er die gabe, in un-
merkbaren kleinigkeiten charakteristische züge zu erkennen
und wiederzugeben. So gut, wie er auf der einen seite allgemeine verhältnisse und historische vorgänge in ihren grossen
umrissen und wichtigsten momenten darzustellen versteht,
weiss er auf der anderen seine situationen mit minutiöser

genauigkeit auszuarbeiten. Das nebensächlichste gewinnt
zuweilen bei ihm bedeutung und wirft auf eine szene helle
streiflichter. Auffallende äusserlichkeiten in aussehen und
auftreten helfen ihm das bild einer persönlichkeit zu vervollständigen. Er karrikiert nicht, aber indem er die lächerlich-
keiten und thorheiten seiner romanfiguren mit greller deut-
lichkeit hervorhebt und zu ihrem angenommenen ernst und
hochgespannten erwartungen lebhaft kontrastieren lässt, er-
zeugt er situationen von wunderbarer komik. Ein meister-
stück in dieser beziehung ist der bunte auszug der wieder-
täufer von Münster zur entscheidungsschlacht. Kann man
sich etwas komischeres denken als diese friedsamen spiess-
bürger, die in zunfttracht und mit handwerksgerät ihrem
protzenhaft aufgeputztem schneiderkönige zum blutigen waffen-
gange folgen? Erheiternd wirkt auch die studentenaufführung
in Wittenberg. Trefflich sind die ungelenken bemühungen
der verschiedenen spieler geschildert, die durch die albernsten
übertriebenheiten dem ernst ihrer rolle gerecht zu werden
suchen. In der situationskomik kommt der humor des dichters überall zum ausdruck und haftet nie den verhältnissen
und personen äusserlich an. Seine darstellung verzichtet so
gut auf die wortspielereien und silbenstechereien des euphuis-
mus, wie auf die niedrigen spässe des „English Rogue" und
erinnert lebhaft an die grazie und schelmische laune der spanischen romane.

Die neigung zu minutiöser kleinmalerei, die dem dichter
in humoristischen szenen so schätzbare dienste leistet, kommt
auch da zur geltung, wo seine darstellung durch düstere
lebensbilder zu fesseln sucht. Denn das hebt den „Unfortunate Traveller" hoch hinaus über das niveau der gewöhnlichen schelmenromane, dass der dichter nicht nur einseitig
die komik des lebens berücksichtigt hat, sondern auch dem
ernst und der tiefen tragik menschlicher schicksale, die auch
in das reich bewegte abenteuerdasein eines gewöhnlichen
schelmen zuweilen hineinspielen, zum wirksamen ausdruck ver-
holfen hat. „Il semble avoir prévu", sagt Jusserand l. c. s. 135,
l'immense champ d'études qui devait s'ouvrir plus tard au
romancier. Ancêtre lointain de Fielding, comme Lyly et
Sidney nous apparaissent en ancêtres lointains des Richardson,

il comprend qu'un tableau de la vie active reproduisant
uniquement, à la mode espagnole, des scènes de comédie, est
incomplet et sort de la vérité." Nash hat szenen von er-
schütternder tragik geschaffen. Mit schonungslosem realismus
weiss er die nachtseiten menschlicher verhältnisse und charaktere wieder zu geben. Er verhüllt nichts und verschweigt
nichts. Das brutale auftreten des Esdras de Granada schildert er mit derselben peinlichen genauigkeit und ergreifenden
naturtreue wie den herzzerreissenden jammer seines opfers,
der unglücklichen gattin des Johannes de Immola. Wunderbar versteht der dichter den leser in die stimmung seines
helden hineinzuversetzen und uns das grausige entsetzen, das
sich diesem bei der greuelthat des Esdras de Granada und
der hinrichtung des Cutwolfe in stetiger steigerung bis zum
qualvollsten übermass mitteilt, nachempfinden zu lassen.

Dieser zug ernster tragik, der den erlebnissen des helden
besonders zum schlusse eigen ist, hat auch seinem wesen das
niedrige und frivole genommen, das für den gewöhnlichen
abenteurer von der art des „English Rogue" charakteristisch
ist. Auch Jack Wilton ist ein durchtriebener schelm, der
seinen vorteil da nimmt, wo er ihm geboten wird. Aber niedrige erwerbssucht und gemeiner egoismus liegen ihm doch
fern. Bei seinen listigen streichen spielt mehr boshafte schadenfreude als rücksicht auf persönlichen vorteil mit. Prächtig
kontrastiert zu dem realistischen, auf praktischen nutzen bedachten sinn des pagen, der mit den mitteln seiner geliebten
in Italien ein vergnügliches leben führt, das schwärme-
rische wesen seines gebieters, der, wie die helden der ritterromane für die schönheit seiner geliebten in die schranken
tritt, aber wie jene gelegentlich auch ein anderes weibliches
wesen seiner zuneigung würdigt. Man hat den romantischen
bericht über die lebensumstände Howards und besonders über
sein verhältnis zu Geraldine lange zeit für authentisch gehalten. Kritische nachforschungen haben die unhaltbarkeit
dieser ansicht ergeben. Nash verfuhr auch in dieser hinsicht
wie jeder wahre dichter mit künstlerischer freiheit. Er lehnte
sich nicht sklavisch an die historischen thatsachen an, sondern benützte sie, wie es ihm im interesse seines werkes dien-
lich schien. Aber indem er die grossen historischen begeben-

heiteu seines jahrhunderts seiner darstellung zum hintergrund
gab und historische persönlichkeiten in die handlung einführte,
schenkte er seinem volke den ersten historischen zeitroman
auf realer grundlage, der überdies hinsichtlich wuchtiger gestaltungskraft und künstlerischer formvollendung die übrige
romanlitteratur seiner zeit turmhoch überragt.   Das aner-
kennende lob, dass dem „Unfortunate Traveller" in Chamber's
Dictionary of National Biography XI, s. 106 zu teil wird, ist
im höchsten masse verdient: „No one of Nahs's successors
before Defoe, at any rate, displayed similar powers as a writer
of realistic fiction."

V I T A.

Ich, Wilhelm Kollmann, evangelischer konfession, wurde am 1. April 1874 zu Coblenz als sohn des eisenbahningenieurs August Kollmann geboren. Von ostern 1880 bis ostern 1884 besuchte ich die elementarschule zu Dortmund und darauf das dortige gymnasium, das ich ostern 1893 mit dem zeugnis der reife verliess. Ich beschloss philologie zu studieren und widmete mich speziell dem studium des englischen, der germanistik und der geschichte. Auf den universitäten Tübingen, Berlin, Marburg und Leipzig hörte ich vorlesungen bei den herren professoren Fischer, v. Kugler, Schäfer, Siegwart, Erich Schmidt, Zupitza, Paulsen, Vietor, Edw. Schroeder, Koester, v. d. Ropp, Wenck, Wülker, Sievers, v. Bahder, Lamprecht, Ratzel, Wundt.

Allen meinen verehrten lehrern sei an dieser stelle bestens gedankt, insbesondere aber spreche ich meinen dank herrn prof. Wülker in Leipzig aus, der der vorliegenden arbeit in liebenswürdiger weise hat anregung und unterstützung zu teil werden lassen.